Liebe Marianne!

Du hast die große Ehre, das erste Buch zu besitzen, was von uns beiden signiert wurde.

Liebe Grüße aus der Steiermark   Ute AnneMarie Schuster

Zu Deinem 70. Geburtstag alles erdenklich Gute, Licht, Frieden und Gesundheit, wünschen Dir von ganzem Herzen

Ute und Norge

Widmung
-70-

Ende gut, alles gut

von
Norbert van Tiggelen & Ute AnneMarie Schuster

Verlag art of arts

Die Rechte an den veröffentlichten Texten liegen beim Autor Norbert van Tiggelen und bei der Autorin Ute AnneMarie Schuster. Vervielfältigungen zum Zwecke der Veröffentlichung – Publikationsrechte liegen beim Verlag art of arts. Alle Rechte vorbehalten. Verwendung zum Zwecke der Weiterveröffentlichung darf nur mit ausdrücklicher schriftlicher Genehmigung des Verlages und des Einverständnisses der Autoren erfolgen. Der Verlag sowie die Autoren übernehmen keine Haftung bei unsachgemäßer Verwendung und Verbreitung und den eventuell daraus entstehenden Folgeschäden. Für Druckfehler keine Gewähr.

Nachdruck oder Vervielfältigung ist nur mit Genehmigung des Verlages gestattet, die Verwendung oder Verbreitung unautorisierter Dritter, in allen anderen Medien ist untersagt. Die jeweiligen Textrechte verbleiben bei den publizierenden Autoren, deren Einverständnis zur Veröffentlichung vorliegt. Für Druckfehler keine Gewähr. Bibliografische Informationen der Deutschen Bibliothek. Die Deutsche Bibliothek verzeichnet diese Publikation in der Deutschen Nationalbibliografie – detaillierte bibliografische Daten im Internet über http://dnb.ddb.de abrufbar

Original-Erstausgabe 2010

ISBN 3-940119-52-0

ISBN 978-3-940119-52-0

Herausgebender Verlag: art of arts
Inh. Frederic Bartl, Forchheim
ehrenamtliche Geschäftsführung:
Silvia J.B. Bartl

Satz, Layout, Gestaltung,
Illustration, Cover Design:
art of formation - Silvia J.B. Bartl

Bildmaterial mit freundlicher Genehmigung
Einzellistung im Anhang

Autor: Norbert van Tiggelen
Autorin: Ute AnneMarie Schuster

Druck und Bindung
Inprint GmbH - 91058 Erlangen

- Printed & created in Germany -

Ende gut, alles gut

101 ausgewählte Gedichte

aus zwei Perspektiven
in poetischen Worten und harmonischen Bildern

des Autors

Norbert van Tiggelen

www.norbert-van-tiggelen.de

und der Autorin

Ute AnneMarie Schuster

www.prinzessinemma.webnode.com

Verlag art of arts   www.artofarts.de

Inhaltsverzeichnis

Seite 10	Vorwort der Autoren
Seite 12	Norbert van Tiggelen - Tränen kotzen
Seite 14	Ute AnneMarie Schuster - Wunderland
Seite 15	Norbert van Tiggelen - Alte Zeiten
Seite 17	Ute AnneMarie Schuster - Es war einmal
Seite 19	Norbert van Tiggelen - Ich wünsch' mir (Die Frust-Version)
Seite 21	Ute AnneMarie Schuster - Nur mit Dir
Seite 23	Norbert van Tiggelen - Zug für Zug
Seite 25	Ute AnneMarie Schuster - Bleib einfach frei
Seite 27	Norbert van Tiggelen - Lebenskünstler
Seite 29	Ute AnneMarie Schuster - Starke Zeiten
Seite 31	Norbert van Tiggelen - Der Trunkenbold ... na dann Prost!
Seite 33	Ute AnneMarie Schuster - Geschafft
Seite 35	Norbert van Tiggelen - Nach mir die Sintflut
Seite 36	Ute AnneMarie Schuster - Was wird aus uns?
Seite 38	Norbert van Tiggelen - Kleiner Mensch ganz groß
Seite 40	Ute AnneMarie Schuster - Danke mein Kind für Deine Liebe
Seite 42	Norbert van Tiggelen - Kleines armes Licht?
Seite 44	Ute AnneMarie Schuster - Du bist kein armer Mann
Seite 46	Norbert van Tiggelen - Prahlemann
Seite 48	Ute AnneMarie Schuster - Ein Kerl wie Du
Seite 50	Norbert van Tiggelen - Der Jüngste Tag
Seite 52	Ute AnneMarie Schuster - Mutter Erde
Seite 54	Norbert van Tiggelen - Trümmerfrauen
Seite 56	Ute AnneMarie Schuster - In Deinen Armen

Seite 58		Norbert van Tiggelen - Danke
Seite 60		Ute AnneMarie Schuster - Für Dich ging ich durchs Feuer
Seite 62		Norbert van Tiggelen - Unsterblich verliebt
Seite 63		Ute AnneMarie Schuster - Du bleibst für immer
Seite 65		Norbert van Tiggelen - Indianer
Seite 67		Ute AnneMarie Schuster - Südseeperle
Seite 69		Norbert van Tiggelen - Gebranntes Kind
Seite 70		Ute AnneMarie Schuster - Dein Kind
Seite 72		Norbert van Tiggelen - Tritt in den Arsch
Seite 74		Ute AnneMarie Schuster - Tränen im Blick
Seite 76		Norbert van Tiggelen - Dann ziehen Sie doch aus!
Seite 78		Ute AnneMarie Schuster - Schneckerl
Seite 80		Norbert van Tiggelen - Armes Licht
Seite 82		Ute AnneMarie Schuster - Herbstmorgen
Seite 84		Norbert van Tiggelen - Wer lügt gewinnt
Seite 86		Ute AnneMarie Schuster - Ich kämpfe für die Ehrlichkeit
Seite 87		Norbert van Tiggelen - Gerecht?
Seite 89		Ute AnneMarie Schuster - Abendstimmung –
Seite 91		Norbert van Tiggelen - Augen zu und durch!
Seite 93		Ute AnneMarie Schuster - Ein Tag wie dieser
Seite 94		Norbert van Tiggelen - Mütter für immer?
Seite 96		Ute AnneMarie Schuster - Mutti
Seite 98		Norbert van Tiggelen - Erkaltete Liebe
Seite 100		Ute AnneMarie Schuster - Der letzte Brief
Seite 102		Norbert van Tiggelen - Kinderaugen
Seite 104		Ute AnneMarie Schuster - Reich Deine Hand
Seite 106		Norbert van Tiggelen - Hundsgemein

Seite 108	Ute AnneMarie Schuster - Treue
Seite 110	Norbert van Tiggelen - Nadelkissen
Seite 111	Ute AnneMarie Schuster - Herbstrose
Seite 113	Norbert van Tiggelen - Nutztier der Gesellschaft
Seite 115	Ute AnneMarie Schuster - Bleib Dir trotz allem treu
Seite 117	Norbert van Tiggelen - Arme Sau
Seite 119	Ute AnneMarie Schuster - Schweinchen
Seite 121	Norbert van Tiggelen - Zimmer frei
Seite 123	Ute AnneMarie Schuster - Herzenskammer
Seite 125	Norbert van Tiggelen - Wozu?
Seite 127	Ute AnneMarie Schuster - Meine heile Welt
Seite 129	Norbert van Tiggelen - Gerüchteküche
Seite 131	Ute AnneMarie Schuster - Neugier
Seite 133	Norbert van Tiggelen - Kalter Krieg
Seite 135	Ute AnneMarie Schuster - Sehnsucht
Seite 137	Norbert van Tiggelen - Pinkeln verboten!
Seite 139	Ute AnneMarie Schuster - Pinkeln erlaubt
Seite 141	Norbert van Tiggelen - Schachfigur
Seite 143	Ute AnneMarie Schuster - Christine
Seite 145	Norbert van Tiggelen - Schmetterlingstöter
Seite 147	Ute AnneMarie Schuster - Ich sagte Nein
Seite 149	Norbert van Tiggelen - Tunnelblick
Seite 151	Ute AnneMarie Schuster - Gefunden
Seite 153	Norbert van Tiggelen - Im Lande der Reichen!
Seite 155	Ute AnneMarie Schuster - Mit meinen Augen
Seite 156	Norbert van Tiggelen - Kinderträume
Seite 158	Ute AnneMarie Schuster - Gute Nacht Gebet

| Seite 160 | Norbert van Tiggelen - Noch einmal Kind |
| Seite 162 | Ute AnneMarie Schuster - Prinzessin auf Zeit |

| Seite 164 | Norbert van Tiggelen - Höllenflug |
| Seite 166 | Ute AnneMarie Schuster - Himmels-Fahrt |

| Seite 168 | Norbert van Tiggelen - Gewitter |
| Seite 170 | Ute AnneMarie Schuster - Herz Gewitter |

| Seite 172 | Norbert van Tiggelen - Adlerauge |
| Seite 174 | Ute AnneMarie Schuster - Deine Flügel tragen mich |

| Seite 176 | Norbert van Tiggelen - Unglücksrabe |
| Seite 178 | Ute AnneMarie Schuster - Glückskind |

| Seite 180 | Norbert van Tiggelen - Big Boss |
| Seite 182 | Ute AnneMarie Schuster - Alles und noch viel mehr |

| Seite 184 | Norbert van Tiggelen - Tiefer Blick |
| Seite 185 | Ute AnneMarie Schuster - Weitsicht |

| Seite 187 | Norbert van Tiggelen - Kinder brauchen uns nicht tot |
| Seite 189 | Ute AnneMarie Schuster - Gottes Geschenk |

| Seite 191 | Norbert van Tiggelen - Wir zusammen |
| Seite 193 | Ute AnneMarie Schuster - Paradies |

| Seite 195 | Norbert van Tiggelen - Hand in Hand |
| Seite 197 | Ute AnneMarie Schuster - Reich mir noch einmal Deine ... |

| Seite 199 | Norbert van Tiggelen - Nur gemeinsam |
| Seite 201 | Ute AnneMarie Schuster - Du und ich |

| Seite 203 | Norbert van Tiggelen/ Schuster – Ende gut, alles gut |

| Seite 205 | Autorenvita Ute AnneMarie Schuster / Norbert van Tiggelen |
| Seite 209 | Nachwort der Autoren |

| Seite 211 | Angaben zum Bildmaterial |
| Seite 213 | Verlagswort |

Vorwort:

Zugegeben, es ist ein Wagnis, dass sich diese beiden grundverschieden lebenden Autoren zu diesem Gemeinschaftsprojekt haben bewegen lassen, denn zu unterschiedlich sind sowohl ihre Wohnlagen als auch Lebensweisen, doch genau das hat sie herausgefordert.

Auf der einen Seite
Norbert van Tiggelen:

Wie man nicht unbedingt aus dem Namen erkennt, ein waschechtes Kohlenpottkind aus der Mondstadt Wanne Eickel, mitten im manchmal sehr kalten und rauen Ruhrgebiet.

Auf der anderen Seite
Ute AnneMarie Schuster:

968 Straßenkilometer in südöstlicher Richtung entfernt. Eine charmante Dame aus der Steiermark im wunderschönen Österreich - ganz in der Nähe von Graz.

Aber nicht nur die schreiberische Herausforderung hat die beiden Autoren zu diesem Projekt bewegt. Nein, auch die, mit einem guten Beispiel voranzugehen und dort zu helfen, wo Hilfe gebraucht wird.

Ein Euro pro verkauftem Exemplar dieses Gedichtbandes fließt in folgendes Projekt:

KIND UND KREBS
Schweizer Forschungsstiftung
Sennhofstrasse 90
CH-8125 Zollikerberg
Tel. 0041 44 350 32 95
Fax: 0041 44 350 32 94
www.kindundkrebs.ch
franziska.derungs@kindundkrebs.ch
http://www.fredybarth.ch/fredy/krebs.html

Da Ute AnneMarie Schuster in Österreich
und Norbert van Tiggelen in Deutschland wohnhaft sind,
haben sie sich dazu entschlossen, ein anderes Land zu unterstützen. Sie wollen die Hand reichen, so wie es alle Menschen auf dieser Erde machen sollten, um ihren Nachkommen ein glückliches Leben zu ermöglichen. Lassen Sie sich nun von ihren Werken verwöhnen.

Viel Spaß beim Lesen wünschen Ihnen die Autoren
Ute AnneMarie Schuster & Norbert van Tiggelen

Tränen kotzen

Wenn ich durch die Straßen gehe
und die Menschen handeln sehe,
frag ich mich: „Ist das normal?"
Was ist die Welt doch kalt und fahl!

Wenn Säufer an den Straßenecken
trinken, bis dass sie verrecken,
Kinder in den Schulgebäuden,
mit Gewalt die Zeit vergeuden.

Wenn Fußballstars Millionen kriegen,
während Fans im Kampf erliegen,
Politiker trotz Eid betrügen,
ihr Volk vor jeder Wahl belügen.

Wenn der Schmarotzer stolz gesteht,
wie gut es ihm in Deutschland geht,
während andre täglich schaffen,
sich Tag für Tag durchs Leben raffen.

Wenn Schönheit wird mit Geld gekauft,
der Junkie sich für Drogen rauft,
die Kids mit Markensachen protzen,
dann könnt' ich nur noch Tränen kotzen.

© Norbert van Tiggelen

Wunderland

Ich kenn ein Land, das gar nicht weit,
da schenkt der Mensch noch Herzlichkeit.
Dort lebt man noch mit der Natur,
von Hass und Häme keine Spur.

Da schaut der Nachbar noch, wie's geht,
ob alles auch zum besten steht.
Die Dankbarkeit man gern empfindet,
wenn einen solches Glück mal findet.

Ein jeder sollt im Herz sie tragen
und nicht nach Wenn und Aber fragen.
Ich schätz und lieb dies Wunderland,
ein schöneres ich nirgends fand.

© Ute AnneMarie Schuster

Foto: Klaus Goedtcke

Alte Zeiten

Manchmal schließe ich die Augen,
lass den Gedanken freien Lauf,
denke an vergang'ne Tage,
in mir geht die Sonne auf.

Seh' die großen Fördertürme,
die im Smog der Städte stehen,
Kumpels, die nach der Maloche
Arm in Arm zur Kneipe gehen.

Seh' den Taubenschlag im Garten,
in dem Opas Rennpferd war,
dort verweilte nicht nur Hänschen,
manchmal auch der graue Star.

Seh' die blassen Hinterhöfe,
wo die Jungs oft Fußball spielten
und die Mädchen brav bekleidet
Puppen in den Armen hielten.

Seh' den Tante-Emma-Laden,
dort gab's Waffelbruch und Eis,
Rollmops nur nach Art des Hauses,
Qualität zum kleinen Preis.

© Norbert van Tiggelen

Foto: Margrit Kehl

Es war einmal

Denk ich an alte Zeit zurück,
als ich ein kleines Kind,
da gab es viele Dinge nicht,
die ich heut herrlich find.

Denk ich alleine an das Obst,
dass ich kann heute kaufen,
oder die schicken roten Schuh'
auch wenn ich nicht kann laufen.

Allein ein Telefon war fremd,
was würd ich heute machen,
wem wollt ich denn mein Glück erzähl'n,
und all die andren Sachen.

Denk ich an alte Zeit zurück,
dann denk ich auch an Prügel,
wie oft wollt ich ein Engel sein,
doch stutzte man die Flügel.

So leb ich heute wirklich gern,
es könnt nicht besser laufen,
bin glücklich, was es alles gibt,
doch muss ich es nicht kaufen.

© Ute AnneMarie Schuster

Foto: Sven-S Photography

Ich wünsch' mir

(Die Frust-Version)

Ich wünsch' mir Deine Nähe,
Deinen Arm, der mich umhüllt,
keinen kalten Alltagsstress,
der mich mit Sorgen füllt.

Ich wünsch mir Dein Vertrauen,
einen Platz auf dem Podest,
kein monotones Schweigen,
kein ungewärmtes Nest.

Ich wünsch' mir Deine Küsse,
will diese sanft verschlingen,
keine kalten Lippen,
die mich zum Weinen bringen.

Ich wünsch' mir Deine Stimme,
ein Kompliment als Preis,
ich fühl' mich aber einsam,
verdammt, bist Du aus Eis?

© Norbert van Tiggelen

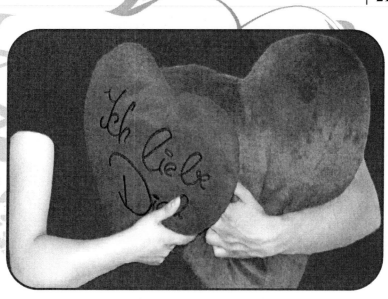

Nur mit Dir

Nur mit Dir will ich erleben,
was die Welt so Schönes zeigt.
Möcht mit Dir auf Wolken schweben,
bis die Sonne sich verneigt.

Nur mit Dir will ich genießen,
reisen um die ganze Welt,
unsre Herzen würden fliegen,
wir bräuchten nicht mal Geld.

Nur mit Dir leb ich mein Leben,
fühl mich glücklich und beschenkt,
ich kenne keinen andern,
der für mich so vieles lenkt.

Nur mit Dir an meiner Seite
wird so manches Märchen wahr,
und sollt ich einmal fallen,
hilfst Du mir aus der Gefahr.

Lass nie enden diese Liebe,
schöner kann es gar nicht sein,
ich fühl mich bei Dir geborgen,
denn bei Dir bin ich daheim.

© Ute AnneMarie Schuster

Foto: Klaus Peter Oelze

Zug für Zug

"Schachspiel" heißt Dein Leben,
Du lässt die „Puppen" tanzen,
behandelst Deine Mitmenschen,
als wären es nur Wanzen.

Du spielst mit Deinen Freunden,
ein ganz gemeines Spiel,
am Leben sich ergötzen,
das ist Dein einz'ges Ziel.

Wenn es Dir mal schlecht geht,
ist Dir zu helfen andrer Pflicht,
doch wie es diesen Menschen geht,
das int´ressiert Dich nicht.

Doch glaube mir das Eine,
schon bald hat man Dich satt,
dann setzt Dich Deine Ichsucht,
ganz unbemerkt schachmatt.

© Norbert van Tiggelen

Bleib einfach frei

Und immer wieder merke ich,
wie gut ich mich doch kenne.
Zieh meistens noch die Leine an,
bevor ich mich verrenne.

Natürlich geh ich durch die Welt,
braunäugig und naiv,
glaub jedem der mich Engel nennt,
doch läuft es auch mal schief.

Ich schau mir eine Weile an,
wie sich der Mensch bewegt
und irgendwann, dann merk ich auch,
dass er am Sessel sägt.

Da wird entzogen rasch die Gunst,
die wohlwollend geschenkt,
und trotzdem sag ich DANKESCHÖN,
weil ich es selbst gelenkt.

Verletzt, oh nein, das bin ich nicht,
mich hat ja längst gestört,
dass alles nur von Dir geplant
und nichts mehr mir gehört.

Komm streichel Deine Seele glatt,
ich weiß nicht, wie's Dir geht.
Erfüllt es mit Zufriedenheit,
wenn nichts mehr von mir steht?

Soll ich jetzt weiter lamentieren,
vielleicht würd es gemein,
doch wär das wirklich nicht mein Stil,
ich wär ja dann auch KLEIN.

Gelernt hab ich fürs Leben draus,
schau Dir den Menschen an.
Nicht jeder der Dich Engel nennt,
auch echter Freund sein kann.

© Ute AnneMarie Schuster

Foto: Elfriede de Leeuw

Lebenskünstler

Die Prominenz wird sie genannt,
denn sie ist mehr, als nur bekannt,
für viele Menschen sind sie Größen,
die ihnen viel Respekt einflößen.

Man spricht von Schumi, Becker, Kohl,
Ballack, Jauch und Kalle Pohl,
Dieter Bohlen, Merkel, Kahn,
Heidi Klum und Helmut Rahn.

Genauso wie von Grönemeyer,
Vettel, Netzer, Mittermeier,
Beckenbauer und Mike Krüger,
Uschi Glas, die Klitschko-Brüder.

Doch eins vergessen wir dabei,
auch sie sind nicht ganz fehlerfrei,
sind Menschen so wie Du und ich,
obwohl sie glänzen: äußerlich.

Ein jeder Mensch ist ein Artist,
ob Hindu, Moslem oder Christ,
was uns trennt, auf dieser Welt
ist meist nur das geliebte Geld.

© Norbert van Tiggelen

STARKE ZEITEN

Wenn ich so überleg und denke,
wie gern ich Liebe doch verschenke.
Dann weiß ich, und ich glaub daran,
dass Lebenskünstler ich sein kann.

Oh bitte niemals falsch verstehen,
das könnte auch ins Auge gehen.
Ich mein mit Liebe nicht nur Sex,
das Thema wär doch zu komplex.

Ich mein und darf das mal erklären,
ich schwebe da in andren Sphären,
denk eher an Gemütlichkeit,
an Lebensfreude und auch Zeit.

Gemeinsam mit den Kindern spielen,
auch wirklich mal im Sand drin wühlen,
einfach nur die Augen schließen,
Vogelzwitschern still genießen.

Lass Dich von Leichtigkeit berühren,
lern wieder Deine Seele spüren,
denk nicht die Welt liegt nur im Dunst,
genieß Dein Leben, das ist Kunst.

© Ute AnneMarie Schuster

Foto: Auxi

Der Trunkenbold ...
na dann Prost!

Und wieder dieses Elend,
er stinkt nach Alkohol,
feste Nahrung mag er nicht,
im Suff fühlt er sich wohl.

Die bösen Menschen draußen,
sind schuld an seinen Sorgen,
die Pflichten seines Alltags
verschiebt er stets auf morgen.

Seine Frau, sie leidet,
ihr Seelenkleid ist kalt,
kriegt ständig eine Gänsehaut,
wenn er abends lallt.

Gespräche gibt's nicht mehr,
er fragt nie, wie's ihr geht,
denn seine Fahne jeden Tag
brav auf halbmast steht.

Wie oft fleht sie nach Wärme,
nach Zärtlichkeit und Trost,
er sagt nicht, „Du, ich liebe Dich",
sein Lieblingsspruch heißt „Prost!"

Foto: Heide Gleich

Was haben wir geredet,
was haben wir getan,
Du hast es nie begriffen,
Du hast so viel vertan.

Konnt'st nicht mehr klar sehen,
getrunken viel zu viel,
für Dich war'n unsre Worte,
nichts weiter als ein Spiel.

Doch wie es ist im Leben,
so war es auch bei Dir,
ein Engel hat geholfen
und hielt Dir auf die Tür.

Machen Sie nur so weiter,
das sagt der Doktor Dir,
dann werden Sie wohl landen,
dort oben vor der Tür.

Es waren harte Worte,
denn sterben ist nicht leicht,
wir danken diesem Manne,
denn der hat das erreicht.

Nun trinkst Du keinen Tropfen,
labst Dich an frischer Quell'
hast wieder klare Augen,
so schwer und doch so schnell.

© Ute AnneMarie Schuster

Nach mir die Sintflut

Nach mir die Sintflut, pfeif auf die Kinder,
soll'n sie doch kiffen, die Spiele-Erfinder.
Nach mir die Sintflut, pfeif auf Moral,
die Wahrheit zu sagen, ist mir zu banal.

Nach mir die Sintflut, pfeif auf den Greisen,
man sollte ihn flugs aus dem Lande verweisen.
Nach mir die Sintflut, pfeif auf das Schaffen,
Bier und Hartz IV, das sind unsere Waffen.

Nach mir die Sintflut, pfeif auf die Liebe,
Respekt schafft man sich durch Tritte und Hiebe.
Nach mir die Sintflut, wenn jeder so denkt,
dann wird unsre Zukunft in Blut bald ertränkt.

Was wird aus uns?

Was wird aus uns,
das fragst Du mich,
wenn wir so weiter machen,
wenn jeder nur an sich noch denkt,
schenkt keinem mehr ein Lachen.

Was wird aus uns,
wenn kalt es wird,
sogar bei stärkster Hitze,
wenn keiner mehr den andern sieht,
Frost zieht durch jede Ritze.

Was wird aus uns,
das fragst Du mich,
ich will es Dir gern sagen,
noch ist es nicht zu spät für uns,
noch dürfen wir nicht klagen.

Was wird aus uns,
wenn warm es wird?
Du kannst es selbst doch ahnen,
das Lächeln, das die Welt erreicht,
lenkt uns in neue Bahnen.

© Ute AnneMarie Schuster

Kleiner Mensch ganz groß

Wie oft denken wir Großen,
die Kinder, sie sind dumm,
doch häufig ist das anders,
nehmt es mir nicht krumm!

Sie sind meistens ehrlich
und kennen keine Lügen,
hätten niemals die Idee,
Menschen zu betrügen.

Sie schenken Dir Vertrauen
und zweifeln nicht an Dir,
„Gnadenlose Unbetrübtheit"
heißt ihr Elixier.

Sie wollen Dich ermuntern
und neigen gern zu Scherzen,
alles, was sie für Dich tun,
kommt tief aus ihrem Herzen.

Wenn ich so überlege,
dann fällt mir dazu ein:
ihr Leben ist noch ziemlich jung,
drum ist ihr Herz so rein.

© Norbert van Tiggelen

Danke mein Kind für Deine Liebe

Ich danke Dir, mein liebes Kind,
ich schenkte Dir Dein Leben.
Doch ehrlich, ich muss auch gesteh'n,
mehr hat ich nicht zu geben.

Verließ Dich, als Du noch ganz klein,
nicht nur aus freiem Stück,
das, was ich suchte und auch fand,
das war ein neues Glück.

Vermisste Dich doch Tag für Tag
Und weinte mache Träne.
Nicht immer gab ich Liebe Dir,
wofür ich mich heut schäme.

In meinem Herzen, glaube mir,
da wohnst Du jeden Tag.
Ich denk an Dich und hab Dich lieb,
nur täglich ich's nicht sag.

© Ute AnneMarie Schuster

Kleines armes Licht?

Auch ein armer Mensch kann bringen
sehr viel Licht in diese Welt,
wenn ein Freund ihn an die Hand nimmt
und ihm diese ganz treu hält.

Er kann Dinge hier bewegen,
wenn man ganz fest an ihn glaubt,
und ihm nicht mit Heucheleien
seinen Einsatzwillen raubt.

Wird mit ganzer Liebe kämpfen
gegen all die Schmach auf Erden,
und mit Stolz in seiner Seele
ein wahrer Held der Herzen werden.

Foto: Valdy

Wenn Du so `nen Menschen findest,
wahre mit ihm sein Gesicht,
dann wird niemand zu ihm sagen,
„Bist ein kleines, armes Licht!"

© Norbert van Tiggelen

Foto: Peter Haselmann

Du bist kein armer Mann

Du sagst, ich kann Dir gar nichts geben,
ich bin ja nur ein armer Mann.
Ich aber kann Dir ehrlich sagen,
dass einer wie Du, das wirklich kann.

Du hast viel mehr, als mancher Reiche,
aus Dir da strahlt Zufriedenheit.
Verschenkst voll Liebe stets Dein Lächeln,
spendest den Menschen Deine Zeit.

Wie dumm wär doch, ich würd´ bemessen,
wie viel an Grund Du so besitzt,
viel kostbarer ist doch das Strahlen,
was aus Deinen Augen lieblich blitzt.

Ich will es Dir mal ehrlich sagen,
für mich bist Du der reichste Mann,
denn Dir gehört das Universum,
weil einer wie Du, Dank spüren kann.

Du und nur Du, genießt das Leben,
genauso wie es Gott gedacht
Für Dich und solche, die es schätzen,
hat er die Welt so schön gemacht.

© Ute AnneMarie Schuster

Prahlemann

Wenn Du mich mal anrufst,
dann wird mir sofort schlecht,
kennst nur das eine Thema:
"Du bist der größte Hecht."

Dein Auto ist das Beste,
die Marke ein Symbol,
mit all den Pferdestärken
fühlst Du Dich pudelwohl.

Dein Stereo-Verstärker
hat viele Hundert Watt,
damit setzt Du das Trommelfell
Deines Nachbarn matt.

Dein Fernseher 'ne Leinwand,
er misst unendlich Zoll,
das Bild ist eine Wonne
und so wie Du ganz toll.

Mich nervt Dein Rumgeprahle,
sieh's mal aus meiner Sicht.
Das widert mich schon lange an,
doch das begreifst Du nicht.

© Norbert van Tiggelen

Foto: J. Bracht

Ein Kerl wie Du

Was macht Dich nun zu einem Kerl,
ich kann es Dir verraten,
es ist die ganz besond're Art:
Du stehst zu Deinen Taten.

Ein bissel brummen tust Du schon,
manchmal ist Dein Ton auch hart,
doch immer wieder merke ich,
drinnen ist der Kerl zart.

Hast Du einmal die Hand gereicht,
dann weiß man sich gehalten.
Dir ist egal, was einer ist,
ob arm, reich, glatt, ob Falten.

Du schaust den Menschen Dir erst an,
eh Du ihm Freundschaft schenkst,
doch hat Dein Herz er erst erreicht,
Du gar manches für ihn lenkst.

Du bist für mich der wahre Held,
möcht Dich in Scheiben schneiden,
damit ein jeder etwas hat,
von Deinen guten Seiten.

© Ute AnneMarie Schuster

Foto: Manfred Krug

„Der Jüngste Tag"

Wenn Henker sich um Seelen sorgen,
der Mond aufgeht am frühen Morgen,
die Wahrheit ein Grund dafür ist,
dass man einen Freund vergisst.

Wenn Meere nur noch Salz besitzen,
Sportler Kraft in Adern spritzen,
wenn Waffen nur noch dafür sind,
als Spielzeug für das brave Kind.

Wenn Ehen nicht mehr lange halten,
Kredithaie das Geld verwalten,
Deine Nachbarn sind geklont,
und sich das Leben nicht mehr lohnt.

Wenn Menschen sich für Nahrung töten,
bei einem Mord nicht mal erröten,
der Satan laut nach Fairness schreit,
dann ist der Jüngste Tag nicht weit!

© Norbert van Tiggelen

Mutter Erde

Mutter, sieh die Not in uns,
wir sind doch Deine Kinder.
Hilf uns aus dieser düst'ren Zeit,
wir spüren nur noch Winter.

Die Kälte die Du ausgesandt,
schmerzt tief in allen Herzen.
Nur Du kannst ändern, wie wir sind,
Du siehst doch unsre Schmerzen.

Wir sind naiv und auch sehr dumm,
missachten Deine Zeichen.
Gib uns noch einmal eine Chance'
Lass uns die Hände reichen.

Wir wünschen uns von Herzen sehr,
dass endlich schlau man werde,
dann ist es auch noch nicht zu spät,
zur Rettung uns´rer Erde.

© Ute AnneMarie Schuster

Foto: Wanneka

Trümmerfrauen

Von außen eine Ehe,
die stets harmonisch ist,
beide sind sehr freundlich,
sie kennen keinen Zwist.

Zu Hause ein Desaster,
Szenen wie im Thriller,
wenn er was getrunken hat,
dann wird er fast zum Killer.

Sie würde gerne flüchten
an einen fremden Ort,
doch ohne ihre Kinder,
da geht sie niemals fort.

Eines Tages schwört sie,
da kommt er abends heim
und ist mit seinem Alkohol
verlassen und allein.

Bis dies jedoch geschieht,
wird wohl noch viel passieren,
und so manches Wundmal,
ihren Körper zieren.

© Norbert van Tiggelen

Foto: Feenharfe

In Deinen Armen

Wo Du auch bist, was Du auch tust,
ich fühle mich geborgen.
Weiß mich gehalten, sanft und warm,
genieße heut und morgen.

In Deinem Herzen ist ein Platz,
der gehört allein nur mir.
Dort zog ich ein, fühl mich zuhaus,
fühl mich ganz nah bei Dir.

Spür´ ich den Arm, der lieb mich hält,
schweb´ ich auf Wolke sieben.
Halt mich ganz fest, lass mich nie los,
schön ist es, Dich zu lieben.

© Ute AnneMarie Schuster

Ich danke all denen,
die mich einst belogen,
die mit ihren Lügen
sich selbst auch betrogen.

Ich danke all denen,
die mir nicht mehr glaubten,
die mir bei Freunden
mein Ansehen raubten.

Ich danke all denen,
die mich mal abschrieben,
die mich mit Missgunst
in Selbstzweifel trieben.

Ich danke all denen,
die mich einst benutzten,
die mir zum Dank
noch mein Antlitz beschmutzten.

Ich danke all denen,
die mich einst verließen,
die mich durch Dummheit
in Einsamkeit stießen.

Ich danke all denen,
die achtlos mich traten,
die Jahre zuvor noch
um Gnade mich baten.

Ich danke all denen,
die feige nur schwiegen,
als man mir zuschob
gemeinste Intrigen.

Zum Schluss dank ich denen,
die mich gnadenlos schätzten,
denn sie sind der Grund,
dass ich stand bis zum Letzten.

© Norbert van Tiggelen

Foto: Heike Towae

Für Dich ging ich durch's Feuer

Für Dich, mein Schatz, und nur für Dich,
ging ich heut Nacht durchs Feuer,
es war ein Tanz, ein heißer Lauf,
ein großes Abenteuer.

Doch glaub mir, es war gar nicht schwer,
denn Du warst ja mein Ziel.
Niemals hab ich daran gedacht,
was wäre, wenn ich fiel.

In Gedanken nahmst Du zärtlich
mich bei der rechten Hand,
gabst mir die Kraft, die nötig war,
ganz stark spürt' ich das Band.

Vertrauen hast Du stets in mich,
hab das schon oft gespürt.
All Deine Liebe zog mich mit,
hat mich ganz sanft geführt.

Wie es mir geht, das fragst Du nun,
ich will es Dir verraten,
im Herzen brennt noch jetzt die Glut,
doch sonst kann ich nicht klagen.

© Ute AnneMarie Schuster

Unsterblich verliebt

Im Leben lernst Du Menschen kennen,
wirst an manchen Dich verbrennen,
sind nicht wert den kleinsten Lohn,
ernten meist nur Spott und Hohn.

Daneben aber gibt´s gewisse,
die zwar nicht ohne Hindernisse,
doch mit ganzer Tatenkraft
im Leben es zu Lob gebracht.

An diese Seelen wird man denken,
nach dem Tod Gedanken schenken,
denn hat jemand was bewegt,
ist's der, den man im Herzen trägt.

© Norbert van Tiggelen

Foto: Manfred Krug

Du bleibst für immer

Ich möchte weinen, möcht´ verstehen,
möcht´ wissen, warum Gott vergaß,
dass eine seiner schönsten Blüten
auf Erden doch so gerne saß.

Ich möchte weinen, möcht´ verstehen,
möcht´ wissen, warum er Dich nahm,
Du warst und bist und bleibst für immer,
ein Stern, der aus dem Himmel kam.

Ich möchte weinen, möcht´ verstehen,
möcht´ danke sagen für das Glück,
dass Du verschenkt hast voller Liebe,
nun lässt Du uns allein zurück.

Du warst und bist und wirst es bleiben,
der Mensch, dem man sein Herz gern gab,
Gott brauchte einen neuen Engel,
er steht uns bei an Deinem Grab.

© Ute AnneMarie Schuster

Indianer

Ich wäre gern ein Indianer,
mit Tomahawk und roter Haut,
lebte sorglos in den Morgen,
„Winchester" hieß' meine Braut.

Ich bräuchte keine noble Wohnung,
in der ich lebt' in Saus und Braus,
besäße ein paar Bisonfelle,
ein Wigwam wäre mein Zuhaus'.

Ich müsste nicht lang' diskutieren
über einen alten Streit,
mit der Friedenspfeife wäre
er ganz schnell Vergangenheit.

Ich bräuchte keine Mikrowelle,
käme sehr gut ohne klar,
denn zum Kochen wär' die Squaw
und das Lagerfeuer da.

Ich bräuchte keinen Arzt aufsuchen,
der Schamane heilte mich,
zur Belohnung kriegt' er Whiskey,
und das sogar allmorgendlich.

Meine Uhr, das wär' die Sonne,
und das Pferd mein Kamerad,
bin ich einmal voller Zweifel,
bringt Manitu mich auf den Pfad.

How!

© Norbert van Tiggelen

Südseeperle

Wie lange hat er doch gesucht,
nur wusste er nicht was.
Es sollte ganz besonders sein,
ganz zart und wie aus Glas.

Er schickte sich auf Seelentour,
ging einsam und allein,
dann sah er einen kleinen Schatz,
genau der sollt´ er sein.

So wunderschön und elfenhaft,
hatte er Dich geseh'n,
in einer kühlen Vollmondnacht,
an seinem Bette steh'n.

Er fühlte sich im Paradies,
genoss die schönen Stunden,
ein Engel an seiner Seite saß,
er hatte Dich gefunden.

Er bat Dich dann, mit ihm zu geh'n,
in ein ganz fremdes Land.
Frauen wie Du, die haben Mut,
viel Herz und auch Verstand.

Er schenkte Dir ein neues Heim,
ist immer für Dich da,
einem Engel, so wie Du es bist,
fühlt jeder sich gleich nah.

Du süßes kleines Perlenkind,
magst alle lieb umsorgen,
mein Herz ist Deines ganz und gar.
Fühl mich bei Dir geborgen.

© Ute AnneMarie Schuster

Gebranntes Kind, komm her zu mir,
erzähl mir etwas mehr von Dir,
ich weiß, man hat Dich sehr verletzt,
Dich gnadenlos in Trance versetzt.

Gebranntes Kind, das gibt es nicht,
Dein Mund von Hass und Qualen spricht,
die Augen leer und eisig kalt,
Dein Händchen sanft zur Faust sich ballt.

Gebranntes Kind, es tut mir leid,
die Menschheit wird niemals gescheit,
wirst immer tragen diese Last,
dem Täter geht es gut im Knast.

© Norbert van Tiggelen

Foto: Valdy

Dein Kind

Auch Du warst mal ein kleines Kind,
Du hast es wohl vergessen,
als Du die Hand erhoben hast
und schlugst zu, wie besessen.

Denk doch daran, wie weh das tat,
als Du wurdest geschlagen,
willst Du denn, dass auch dieses Kind,
stellt einmal Deine Fragen?

Das Gute ist doch auch in Dir,
setz Dich, ich halt Dich fest.
Schmeiß weg die alte Peitsche doch
und bau für Euch ein Nest.

Dein Kind wird Dir stets Liebe geben
und ewiglich Dir danken.
Schenk´ ihm das Glück, was Du vermisst,
reiß endlich weg die Schranken.

© Ute AnneMarie Schuster

Foto: In der Natur

Tritt in den Arsch

Hast immer geholfen,
wo es gebrannt,
von Dir hat man immer,
nur Güte gekannt.

Ging's anderen mies,
warst Du stets bereit,
man kannte Dich immer
als ein treues Geleit.

Waren die Sorgen
der and'ren Geschichte,
da machte man Dich
mit Lügen zunichte.

Das Ende vom Lied
stimmt traurig und harsch:
Der Dank dafür ist
ein Tritt in den Arsch!

© Norbert van Tiggelen

Foto: Auxi

Tränen im Blick

Tränen im Blick
und Trauer im Herz,
ich fühle mich heut so verloren.

Stell Fragen mir grad
und grübele nach,
warum ist in mir alles gefroren?

Wo gestern noch
alles voll Zärtlichkeit war,
da gönnt man sich heute nichts mehr.

Verliert sich im Selbst,
sieht den anderen nicht,
trägt den Kummer alleine und schwer.

Man könnte ja reden,
vielleicht wär das gut,
doch was will man damit denn erreichen.

Möchte man wirklich zurück,
den Weg noch mal geh'n.
Sind Tränen denn nicht schon ein Zeichen?

© Ute AnneMarie Schuster

Foto: Valdy

„Dann ziehen Sie doch aus!"

Zahlst pünktlich Deine Miete
und hältst Dein Umfeld rein,
so manch ein Mitbewohner
benimmt sich wie ein Schwein.

Hast Schimmel an den Wänden,
die Heizung ist defekt,
im Bad, da tropft der Hahn,
der Hausflur ist verdreckt.

Doch machst Du mal den Mund auf
und sagst, was Dir missfällt,
dann wirst Du kurz und bündig
als Streithahn hingestellt.

Man setzt Dich matt mit Worten,
die sind der wahre Graus:
„Wenn Ihnen was nicht passt,
dann ziehen Sie doch aus!"

© Norbert van Tiggelen

Schneckerl

Foto: Valdy

Ein Schneckerl hat ein schönes Leben,
kann wirklich machen, was es will,
braucht keinem Rechenschaft zu geben,
kriecht ummedumm ganz ohne Ziel.

Hier geht's nicht um gemeine Tiere,
gar rot und glitschig anzusehn'n.
Was ich mein, das ist eine Zierde,
mit einem Haus so richtig schön.

Natürlich ist ein jedes anders,
so wie im Menschenleben auch.
Der eine trägt es mit viel Würde,
der andre steckt heraus den Bauch.

Und denkt dann so ein kleines Schneckerl,
wie gern hätt´ ich jetzt einen Mann,
dann kriecht sie langsam ohne Eile
und schaut sich den erst richtig an.

Ja manchmal kann es schon passieren,
dass sie vom Herzen wird gelenkt
und sich ganz ohne Hausprobleme,
in einen Nacktschneck' mal verrennt.

Doch will die dann, ich kann's verstehen,
zum Schneckerl in das schöne Haus,
dann sieht sie rot und man schon ahne,
sie bleibt allein und nimmt den Klaus.

Denn dieser, der ist Hausbesitzer,
er lebt ganz fröhlich und allein.
Ein Schneckerl braucht ein bissel Freiheit,
liebt alles und das eigne Sein.

© Ute AnneMarie Schuster

Foto: Anka Hubrich

Armes Licht

Er hält sich für den Größten,
den Weisesten der Welt.
Ehrlichkeit, die kennt er nicht,
für ihn, zählt nur das Geld.

Sein Haus, das ist ihm heilig,
die Bank, sein bester Freund,
an seinem Swimmingpool er sich,
sein mieses Antlitz bräunt.

Die Armen übersieht er,
sein Reichtum ist die Macht,
und wenn es jemand schlecht geht,
nur schmutzig er dann lacht.

Sagt man ihm die Meinung,
dann wehrt er sich mit Lügen.
Anderen die Schuld zuweisen
bereitet ihm Vergnügen.

Menschlichkeit und Mitgefühl
besitzt er leider nicht,
darum ist ein solcher Mensch,
ein kleines, armes Licht.

© Norbert van Tiggelen

Herbstmorgen

Langsam steigt die Sonne über die Tannenspitzen,
findet den Weg durch tief hängende Wolken.
Weißer Hexennebel liegt wie ein Band
zwischen den wogenden Bäumen.

Wehmut
legt sich zärtlich
wie ein warmer Schleier
um meine Seele und fliegt zu Dir.
Morgentau verzaubert die blühenden Wiesen
in ein regenbogenschillerndes Märchen.
Elfenzarte Schmetterlingsflügel
reiben sich aneinander.

Seelentiefe
erfüllt mein Herz mit Liebe.
Sanfter Wind weht durch mein Haar.
Sehnsucht nach Dir hüllt mich in tiefe Gefühle,
die nur ein erwachender Herbstmorgen schenken kann.

© Ute AnneMarie Schuster

Wer lügt gewinnt

Es war einmal, vor vielen Jahren,
als Petticoats noch Mode waren.
Da sprach ein Mann ganz weis' zu mir:
„Mein Junge, eines sag ich Dir!"

„Mit Ehrlichkeit wirst Du im Leben
sicher nicht nach Großem streben,
denn wir Menschen greifen gern
mit Lügen nach so manchem Stern!"

Heut' ist der Mann schon lange tot,
hat brav geschafft fürs täglich' Brot,
hat niemals sich mal Geld geborgt
und die Familie stolz versorgt.

Manchmal schau´ ich zum Himmelszelt
und sag´ zu ihm: „Mein weiser Held,
Du hattest recht, wer lügt, gewinnt,
verdammt, was sind wir Menschen blind."

© Norbert van Tiggelen

Ich kämpfe für die Ehrlichkeit

Ich kämpfe für die Ehrlichkeit,
weil es sich wirklich lohnt,
was nutzt Dir denn die Lügerei,
wenn Falschheit drinnen wohnt.

Du sagst ich sei nicht ganz normal,
würd´ träumen viel zu viel.
Glaubst nicht daran wie falsch es ist,
Dein dummes Lügenspiel.

Ja, lach nur, denn mir geht es gut,
komm´ weiter doch als Du.
Ich kämpfe für die Ehrlichkeit,
gesell Dich doch dazu.

© Ute AnneMarie Schuster

Foto: Heide Gleich

Foto: Feenharfe

Gerecht?

Gott hat uns einst die Welt geliehen,
nicht dafür, dass wir Menschen fliehen,
nicht dafür, dass der eine klaget,
der andere sich in Schampus badet.

Wo Kinder werden drauf getrimmt,
dass Arme keine Menschen sind,
wo Wahrheit nur ein Wort noch ist,
solange Du alleine bist.

Wo die Robbe wird erschlagen,
damit wir Menschen Pelze tragen,
der Herr mit seinem Schatten prahlt,
das Weibe aussieht wie gemalt.

Wo Liebe meist ein Wort bedeutet,
was man mit Geld sich leicht erbeutet,
entscheidet über gut und schlecht,
ist das denn alles noch gerecht?

© Norbert van Tiggelen

Abendstimmung

Ein lauer Sommerwind umgarnt zärtlich
die stehende flirrende Hitze.
Zwischen den Bäumen
tanzt die Nebelfee ihren Zauberreigen.

Langsam schweben Spinnweben
taunassen Blütenblättern entgegen.
Rehe strecken ihre Köpfe
neugierig aus den gelben Weizenfeldern.

Die Nachtigall lässt ein letztes Mal
ihre zarten Weisen erklingen.
Grillen reiben zirpend ihre Flügel
und machen sich bereit für das Nachtkonzert.

Foto: Norbert Ren

Ein leichter Sommerwind schenkt sich
voller Zärtlichkeit dem säuselnden Abendwind.
Hand in Hand
betören sie unsere wachen Sinne.

Duftige Frische legt sich wie ein tanzender Schleier
über den Zauber,
der den Tag mit der Nacht verbindet.
Eine tiefe innere Ruhe begleitet mich voller Dankbarkeit.

© Ute AnneMarie Schuster

Augen zu und durch!

Im Leben gibt's Etappen,
die sind nicht immer leicht,
manch schweres Jahr vergeht,
Dein Lebensmut entweicht.

Nichts will sich wirklich ändern,
trittst auf der Stelle rum,
den lieben Gott zu nerven,
ist Dir schon längst zu dumm.

Er kann nicht immer da sein,
wenn man ihn mal braucht,
muss vielen Menschen helfen,
sein Kopf bestimmt oft raucht.

Was bleibt Dir dann noch übrig,
komm, sei kein feiger Lurch,
nimm Dein Schicksal in die Hand,
Augen zu und durch!

© Norbert van Tiggelen

Ein Tag wie dieser

Aufgewacht und losgeweint,
kein Mensch will mich verstehen.
Sorgenfalten tiefer noch,
als gestern sind zu sehen.

Seelenpein und Jammertal,
genieße grad mein Leiden.
Kummerkasten ausgeräumt,
fast wie in alten Zeiten.

Liebt mich einer oder nicht,
was soll man an mir lieben.
Herzensschmerz sitzt wirklich tief,
wo ist mein Mut geblieben.

© Ute AnneMarie Schuster

Mütter für immer?

Sie sorgten sich um ihre Sprosse
jahrelang von früh bis spät,
kochten, wuschen, flickten Kleidung,
Mühen, die kein Kind errät.

Standen immer treu zur Seite,
war der Weg auch noch so steil,
bargen, zogen, packten, zerrten
wie ein sich'res Halteseil.

Später dann die Enkelkinder
sind gewiss besond´re Gaben,
wollen basteln, spielen, toben,
doch Oma will mal Ruhe haben.

Drum, Kinder, habt Verständnis,
selbst Müttern schadet Hast,
sie brauchen mal Erholung,
gönnt ihnen eine Rast!

© Norbert van Tiggelen

Foto: Tians

Mutti

Ganz oft hör` ich die Worte noch,
die Vater damals sagte,
es hat genervt, verstand es nicht,
weil ich ja auch nicht fragte.

„Wenn Du noch eine Mutter hast"
So kam es oft von ihm.
„Ich hab sie doch, was soll denn das",
hab ich dann laut geschrien.

Vergaß so oft dir *Dank* zu geben,
an Achtung ließ ich's fehlen.
Eine Mutter hat doch jedes Kind,
warum mit Worten quälen.

Doch heute, lange Zeit danach,
da möchte ich so viel sagen,
wie sehr ich Dich vermiss grad jetzt,
und an so vielen Tagen.

Ich weiß, Mutti, Du liebtest mich,
ich das nicht immer sah,
auch wenn Du jetzt im Himmel bist,
ich fühl´ mich heut Dir nah.

Viel näher als zur Lebenszeit
Und das tut schrecklich weh,
weil ich sehr oft noch an Dich denk,
und niemals mehr Dich seh.

Doch glaub´ mir liebstes Mütterlein,
in jedem kleinen Blümchen,
erkenn´ ich heute überall:
Dich liebstes Mutti-Irmchen.

© Ute AnneMarie Schuster

„Erkaltete Liebe"

An einem Tag, so wie der heute,
denke ich mir: Schlechte Beute,
was ist denn bloß schief gelaufen,
müssen wir uns nur noch raufen?

Früher war die Liebe frisch,
wir flachsten schon am Frühstückstisch,
heute gähnt sogar das Brot,
schlagen nur die Zeit noch tot.

Damals war noch alles bunt,
und das hatte seinen Grund:
Wir beide waren frisch verliebt,
und ich in Deinem Bett beliebt.

Heute ist doch vieles grau,
wir werden nicht mehr aus uns schlau,
wir liegen nur noch stumm daneben,
eisig kalt, kein Spaß am Leben.

Sollen wir uns weiter quälen
oder eig´ne Wege wählen?
Geht das so weiter, wir bestimmt,
den Rest des Lebens Feinde sind.

Manchmal ist es einfach besser,
bevor man einmal greift zum Messer,
in Liebe auseinander wandeln,
wie erwachsene Menschen handeln.

© Norbert van Tiggelen

Foto: Sven-S Photography

Der letzte Brief

Vor mir ein weißes Stück Papier,
daneben rote Tinte,
die weiße Feder angespitzt,
ich keine Worte finde.

Mein Blick ist tränenblind und leer,
was wollte ich Dir schreiben.
All das, was mich so sehr berührt,
und dass Du sollst doch bleiben?

Erneut setz ich die Feder an,
auf weißes Briefpapier,
mit roter Tinte schreib ich dann,
was ich mit Dir verlier.

Zerknülle schnell das, was ich schrieb,
Du sollst es gar nicht wissen,
wie sehr mein Herz nach Liebe schreit,
wie sehr wir Dich vermissen.

Tränen mischen sich gekonnt,
mit dunkelroter Tinte,
gleich einem schönen Aquarell,
ich Trost darin auch finde.

Ein letztes Mal versuch ich es,
möcht´ Dir so vieles sagen,
doch weiß ich auch, wie schwer die Last,
die Du nun hast zu tragen.

Hellrotes Blut rinnt auf das Blatt,
die Feder stach ins Herz,
kein Abschiedsbrief Dich je erreicht,
ich starb vor Sehnsuchtsschmerz.

© Ute AnneMarie Schuster

Foto: Valdy

„Kinderaugen"

Kinderaugen groß und klar,
seh'n die Welt oft sonderbar,
denn wir Großen zeigen ihnen,
was sie wirklich nicht verdienen.

Sehen Menschen, die sich hassen,
Blüten, deren Glanz verblassen,
Tote auf Schlachtfeldern liegen,
Düsenjets zum Angriff fliegen.

Sehen Mord im Frühprogramm,
Flutopfer in tiefem Schlamm,
Panzer, die auf Menschen schießen,
täglich sinnlos Blut vergießen.

Rettet diesen klaren Blick,
wenn's geht mit einem Zaubertrick,
denn zart, wie diese Seelen sind,
werden sie vor Angst bald blind.

© Norbert van Tiggelen

Foto: Egbert Peter

Reich Deine Hand

So nimm sie doch, die zarte Hand,
halt sie behutsam fest.
Vertrauen zeigt das kleine Kind,
es träumt vom warmen Nest.

So nimm sie doch, die kleine Hand,
schenkt Liebe und Verstehen,
so hilflos ist das kleine Kind,
kann Böses noch nicht sehen

So nimm sie doch, die weiche Hand,
sie bittet Dich von Herzen.
„Hilf mir", so ruft das kleine Kind,
„bewahre mich vor Schmerzen".

Dir und nur Dir hat es gezeigt,
wie sehr ihm Liebe fehlt.
Drum nimm nicht nur die kleine Hand,
sondern schenk auch eine heile Welt.

© Ute AnneMarie Schuster

Foto: Conny 11

Hundsgemein

Hundeaugen sehen oft
eine graue Welt,
geboren, um verkauft zu werden,
denn hier zählt nur das Geld.

Hundepfoten spüren oft
einen tiefen Schmerz,
Tritte, Schläge, Hiebe,
zerreißen auch ihr Herz.

Hundeköpfe denken sich,
was sind das für Henker,
die uns ständig Böses tun,
gibt's hier denn keine Denker?

Doch Hundefreunde rufen auf:
„Lasst den Wahnsinn sein!
Sie sind keine Bestien
und im Herzen rein."

© Norbert van Tiggelen

Foto: Prastine

Treue

Brauch ich mal Trost und mag nicht reden,
dann zieh ich Dich auf meinen Arm,
denn das, was Du mir gibst an Liebe,
ist Ehrlichkeit, ganz frei und warm.

Wenn Tränen nicht versiegen wollen,
legst Du den Kopf auf meinen Schoß.
Du bist zwar einer von den Kleinen,
doch ist Dein Herz unendlich groß.

Mit Dir da darf ich lachen, springen,
bei Dir darf ich auch traurig sein.
Ich danke Dir, dass ich Dich habe,
denn Du wirst immer mir verzeih'n.

© Ute AnneMarie Schuster

Nadelkissen

Ich bin nicht Dein Nadelkissen,
worin Du Deine Nadeln steckst,
wenn Dir grad danach zumut' ist,
und Du nach Entlohnung lechzt.

Lass Deinen Unmut' schön bei Dir,
sonst packt auch mich die Wut,
und es quillt aus Deinem Kissen
eines Tags noch Blut.

© Norbert van Tiggelen

Foto: Annette Henning

Dick und voll hängst Du am Zweig,
Üppigkeit der schönsten Art.
Einzig was ein bisschen stört,
sind Deine Dornen, die zu hart.

Sie bohren sich ins Fleisch hinein,
ganz tief wie spitze Nadeln,
ich gönnte einen Blick doch nur,
wollt Deine Schönheit adeln.

Berührt hat mich die Blütenpracht,
sie zeigt das pralle Leben.
Herbstrosen strahlen doppelt stark,
als wollten sie sich geben.

Nichts schenkt uns, in solch Deutlichkeit,
Bewusstsein für das Schwinden.
Ich lasse Dich an Deinem Strauch,
werd´ Gänseblümchen binden.

© Ute AnneMarie Schuster

Nutztier der Gesellschaft

Als Nutztier der Gesellschaft,
da mag Dich jeder gern,
bist da, wenn's andren mies geht,
denn zuseh'n liegt Dir fern.

Malochst für fremde Nöte,
hörst andren Leiden zu,
Dein eignes Kreuz sieht niemand,
selbst Hinken ist tabu.

Musst ständig funktionieren,
im Strom der andren schwimmen,
man will Dir oft mit falschen Tipps
den Lebensweg bestimmen.

Irgendwann drehst Du Dich um,
willst nicht mehr Sklave sein,
dann tritt man Dir mit Lügen
Dein Image kurz und klein.

© Norbert van Tiggelen

Foto: Tians

Bleib Dir trotz allem treu

Egal, wie Du die Welt auch siehst,
glaub mir, sie ist sehr schön.
Wenn Gutes Du gern machen willst,
dann lass dies ruhig gescheh'n.

Wenn einer sagt, Du bist ja dumm,
warum willst Du denn geben,
dann lass ihn stehen, dreh Dich rum,
leb´ Du allein Dein Leben.

Ich weiß und seh' es jeden Tag,
das Gute ist am Werden.
Auch wenn's noch nicht so viele sind,
bald sind es große Herden.

Vertrau auf Dich und glaub daran,
die Welt, sie ist am Wandeln.
Nicht jedem geht ein Lichtlein auf,
doch lass uns trotzdem handeln.

© Ute AnneMarie Schuster

Arme Sau

Letztens kam zu mir so'n Mannsbild,
prahlte rum mit lautem Terz,
wie viel Kohle er mal hatte
und brach manches Frauenherz.

Fuhr die allergrößten Schlitten,
war der Don Juan im Bett,
hatte bei manch´ Prominenten
einen dicken Stein im Brett.

Seine Arme waren Stempel,
wo er hinschlug, roch's nach Tod,
für ihn gab es nie Probleme,
es war alles stets im Lot.

Wenn ich ihn so vor mir sehe,
mit viel Bauch und ohne Frau,
denke ich: „Du arme Socke,
bist verdammt `ne arme Sau!"

© Norbert van Tiggelen

Foto: Brigitte Niestrath

Schweinchen

Rosa und süß, wie Marzipan,
klein niedlich, fast zum Fressen.

Sorry, das war jetzt wirklich hart.
Ich hatte ja echt vergessen,
dass Du ein armes Schweinchen bist,
gemacht aus Fleisch und Blut,
dass irgendwann gefressen wird,
doch find ich das nicht gut.

Ich gebe zu, ich fühl´ mich schlecht,
doch kann ich es nicht lassen,
ich esse immer noch gern Fleisch,
ich könnt´ mich dafür hassen.

Für heute streichel ich Dich lieb,
Du dürftest bei mir schlafen,
glaub mir, ich will Dir Böses nicht,
bin eine von den Braven.

© Ute AnneMarie Schuster

Zimmer frei

Wenn mein Herz `ne Wohnung wär',
dann hätt' es viele Räume,
inmitten meines Seelenhauses
gäb es keine Schäume.

Wer zu meinen Liebsten zählt,
der dürft' in diesem wohnen,
ich würde sie für Treue
mit diesem Heim belohnen.

Jeden Menschen auf der Welt,
den ließ ich zu mir rein,
ob er wieder rausfliegt,
liegt ganz an ihm allein.

Wenn Du zu mir ehrlich bist,
dann bleibt es auch dabei,
habe ich in meinem Herzen
ein Zimmer für Dich frei!

© Norbert van Tiggelen

Herzenskammer

Mein Liebster, komm und zieh doch ein,
  ich hab für Dich geräumt,
in meinem Herz ein Kämmerlein,
  dort wird nur schön geträumt.

Zieh ein und mach es Dir bequem,
doch bitt ich Dich ganz lieb,
lass mir ein kleines Plätzchen frei,
geliebter Herzensdieb.

Geputzt hab ich es mit Bedacht,
soll Heimat für Dich sein.
Glaub´ mir mein Schatz, wenn ich Dir sag,
mein Herz ist Deins allein.

© Ute AnneMarie Schuster

Foto: Andrea Ahrends

Wozu?

Wozu von Liebe reden,
in dieser kalten Welt,
dort, wo außer Habgier,
oft das Geld nur zählt?

Wozu für Frieden beten,
wenn Waffen sind Gesetz,
wo Menschen zynisch hetzen
mit üblem Geschwätz?

Wozu für Fairness kämpfen,
wenn Lügnern wird geglaubt,
wo dem Alten, Schwachen gar,
die Ehre wird geraubt?

Die Antwort heißt „Für Kinder",
denn sie sind unser Licht,
sie werden zahm geboren,
Neid interessiert sie nicht!

© Norbert van Tiggelen

Meine heile Welt

Noch ist sie unverdorben,
meine ganz kleine Welt.
Hier zählt das Miteinander
und nicht nur Gut und Geld.

Ach, bitte lass sie bleiben,
genau so wie sie ist.
Ich merk doch immer wieder,
was draußen man vermisst.

Ich nehm es als Geschenk an,
was man mir gern hier gibt.
Möchte in die Welt gern senden,
wie schön ist, wenn man liebt.

Wenn Kinder fröhlich lachen
und sagen lieb Hallo,
dann weiß ich was ich habe
und bin von Herzen froh.

Wie gern möchte ich sie teilen,
meine so heile Welt,
hier gilt noch das Vertrauen.
Gibt's mehr denn, was sonst zählt?

© Ute AnneMarie Schuster

Foto: A. Ehrhardt

Gerüchteküche

Im Leben kommt's nicht selten vor,
dass man Dir nimmt den Spaßfaktor.
Du wirst gequält von bösen Seelen,
die Dich mit Lügen ständig quälen.

Sie hetzen hier, sie lästern dort,
und reden schlecht an jedem Ort,
doch werden sie es niemals wagen,
Dir ihre Meinung selbst zu sagen.

Drum geb' ich Dir `nen guten Rat,
schreite mutig schnell zur Tat,
Leg´ sie lahm, die bösen Zungen,
bevor sie haben Dich verschlungen.

© Norbert van Tiggelen

Foto: Heike Towae

Wenn ich so überleg´ und denke,
was treibt den Mensch zur Neugier an,
ist es vielleicht das Sexuelle,
denn Gier ist ja am Wort schon dran.

Oder eventuell das Neue,
was man nicht kennt und gerne wüsst.
Erfreut man sich der Fantasien,
wenn einer seine Frau mal küsst.

Wird man erfasst von blanker Gier,
wenn man nur aus dem Fenster sieht?
Reicht es zu denken ohne Wissen,
was grad im Nachbarhaus geschieht?

Ist es vielleicht … ich denk nur mal,
weil's eigne Leben ist zu fad?
Man möchte ja gern und kann doch nicht,
es fehlt wohl was, ach ewig schad'!

© Ute AnneMarie Schuster

Kalter Krieg

Wenn Liebe nur ein Wort noch ist,
man seinen Partner kaum vermisst,
statt Lebensfreude nur noch döst,
mit Sturheit man Probleme löst,

Wenn man Gefühle unterdrückt,
statt aufrecht geht, sich nur noch bückt,
die Schmetterlinge nicht mehr fliegen,
Scherben auf dem Boden liegen.

Wenn Komplimente sind tabu
und man hört sich nicht mehr zu,
die Zärtlichkeit man sieht als Pflicht,
am Frühstückstisch die Nacht anbricht.

Wenn des andren Seele fremd,
obwohl man sich so lange kennt,
Worte ins Verderben rennen,
dann sollte man sich friedlich trennen.

© Norbert van Tiggelen

Foto: Egbert Peter

Sehnsucht

Ich habe Sehnsucht nach der Liebe,
verliere mich im trauten Wir.
Ich spüre Hunger nach Erfüllung,
Verlangen frisst grad meine Gier.

Ich möchte naschen an den Früchten,
die Lust für meine Seele sind.
Ich werde weiter mich zerfleischen,
weil ich in Dir mich wieder find.

Ich küsse Deine weichen Lippen,
sind sie auch manchmal nicht real.
Ich lass Dich meine Lust genießen,
schenke mich Dir, wie jedes Mal.

Ich träum von Dir und Deinen Wünschen,
für mich ist jeder Köstlichkeit.
Ich glaub´, ich werd Dich immer lieben,
für jetzt und für die Ewigkeit.

© Ute AnneMarie Schuster

Foto: J. Bracht

Pinkeln verboten!

Kennt ihr die Typen, die ohne Gewissen
in jede sich bietende Ecke gern pissen?
Besonders am Abend, da fällt's ihnen leicht,
wenn kaum ein Mensch auf der Straße rumschleicht.

Ein solcher Stratege beschenkte uns neulich
und schiffte die Tür an, wie unerfreulich,
doch plötzlich, da wurd' es im Magen ihm flau,
denn vor ihm stand meine tobende Frau.

Mein Mädchen blieb frech neben ihm stehen,
denn diesem Kerl sollte das Pinkeln vergehen.
Mit hochrotem Kopf verzog er sich leis',
auf seiner Stirn, da glänzte der Schweiß.

Zum Schluss müsst Ihr wissen, er ist uns bekannt.
hat ein paar Jahre uns Freunde genannt,
sein Geist, der ist schwach, in sämtlichen Winkeln,
drum muss er jetzt fremde Türen bepinkeln.

© Norbert van Tiggelen

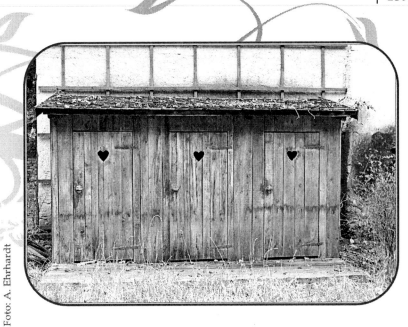

Foto: A. Ehrhardt

Pinkeln erlaubt

Dagegen setz´ ich meine Nachbarn,
die treten aus der Tür heraus,
heben leicht das rechte Beinchen,
fordern natürlich nie Applaus.

Dass ich am Küchenfenster stehe,
das wissen meine Bauern nicht.
Naja, vielleicht einmal im Winter,
denn da brennt ja bei mir schon Licht.

Ein kurzes Beben und ein Rucken,
verpackt wird wieder das Geschlecht.
Der Reißverschluss bleibt wirklich hängen,
er hüpft und zappelt wie ein Specht.

Ich weiß, ich sollte da nicht lachen,
denn Schadenfreude ist gemein.
Ach, bitte, bitte nicht verraten,
das könnt für mich sehr peinlich sein.

© Ute AnneMarie Schuster

Foto: Heike Towae

Schachfigur

ICH bin keine Schachfigur,
der man den Weg bestimmt,
ich brauche keinen Vormund,
der mich ans Händchen nimmt.

ICH bin keine Schachfigur
und kenne selbst mein Ziel,
stand immer wieder mutig auf,
egal, wohin ich fiel.

ICH bin keine Schachfigur,
hab' manchen Berg erstiegen,
geschenkt hat man mir nie etwas,
ließ´ mich niemals unterkriegen.

ICH bin nicht „DEINE" Schachfigur,
auch wenn es Dir so scheint,
benutze mich nicht noch einmal,
sonst hast Du mich zum Feind!

© Norbert van Tiggelen

Foto: Heide Gleich

Christine

Erzähl mir nicht
Du denkst an mich,
für heut hab ich genug.
Triff sie, wenn es Dir wichtig ist,
für mich ist es Betrug.

„Christine",
so sagst Du liebevoll,
„ich würd´ Sie so gern sehen!"
Ja denkst Du denn ich bin so blöd,
bleib stumm und werd´ verstehen.

Liebling,
glaub mir, ich bin es leid,
ich spiel nicht mehr Dein Spiel,
hab viel zu lange mitgemacht,
such Dir ein andres Ziel.

Warum,
bekam ich diesen Brief,
Du hast das nie geplant,
doch wie das Leben manchmal spielt,
hatt ich es längst geahnt.

Wo Gestern,
Sehnsuchtswolke zog,
zieht heut Gewitter auf,
hab viel gelernt, hab viel gespürt.
Hart ist des Lebens Lauf.

Vermissen ja,
das werde ich,
hab Schön'res nie erlebt,
Hab mich entdeckt, in mancher Nacht,
hab tausendfach gebebt.

Tränen für Dich,
ich geb es zu,
mir geht es grad sehr schlecht.
Geh´ zu Christine vergnüg Dich dort,
Ich hab auf Dich kein Recht.

Foto: Nana Ellen Culpeck

Schmetterlingstöter

Sie wollte keinen Schönling,
ein' Mann, der sie versteht,
einen, der ihr beisteht,
egal, wohin sie geht.

Dann plötzlich stand er vor ihr,
der Traum von einem Mann,
sie konnte sich nicht wehren,
ihr Seelenflug begann.

Er mimte stets den Weisen,
das ungetrübte Licht,
doch dass es nur gespielt war,
ahnte sie noch nicht.

Je mehr sie sich verliebte,
je enger wurd' sein Strick,
er kündigte die Freundschaft
und brach ihr das Genick.

Nun ist sie ganz alleine,
verletzt ihr Schneckenhaus,
all den bunten Schmetterlingen,
riss er brutal die Flügel aus.

© Norbert van Tiggelen

Foto: Heike Towae

Ich sagte *N*E*I*N*

In mir da brennt ganz große Wut,
weil Du nicht akzeptierst,
wenn 100-mal ich NEIN Dir sag
und Du es nicht kapierst.

Ich will nicht, und das bleibt auch so,
sieh das doch endlich ein,
als Freund, da find ich Dich ganz nett,
doch mehr wird niemals sein.

Seit Jahren, da versuch´ ich nun,
Dir endlich klar zu machen,
dass alles, was Du Dir ausmalst,
sind echt nicht meine Sachen.

Ich lebe Liebe gern und gut,
doch leb ich die für mich.
Du glaubst, wenn Du mich immer fragst,
vielleicht erhör ich Dich.

Ganz sicher nicht, versteh´ mich doch,
lass´ einfach sein, Dein fragen,
mir geht es gut, werd sehr geliebt,
nie werd ich andres sagen.

© Ute AnneMarie Schuster

Tunnelblick

Schau doch ruhig nach vorne,
dreh Dich bloß nicht um,
wirst so niemals erkennen,
die Welt, sie bringt sich um.

Schau doch nicht nach rechts,
dann könnte es passieren,
dass Du Kinder spielen siehst,
die elendig krepieren.

Schau doch nicht nach links,
da sieht's nicht besser aus,
dort erblickst Du Menschen,
die geben Blut Applaus.

Schau doch nicht nach hinten,
dann würdest Du noch lernen,
dass wir uns seit langer Zeit,
vom Herrgott stets entfernen.

Hast Du auch noch taube Ohren,
dann nicht zu Dir dringt,
dass der Vogel auf dem Ast,
sein letztes Lied bald singt.

© Norbert van Tiggelen

Gefunden

Ich hab nicht gesucht,
Du warst plötzlich da.
Schicktest ein Lächeln zu mir.

Ein heißwarmer Blick
in meinem sich fand,
ich stand schon fast an der Tür.

Noch kann ich gehen,
bin vollkommen frei,
doch wohin führt mich mein Schritt.

Es war nur ein Blick,
ein kleines Hallo,
taumelnd komm ich aus dem Tritt.

Gefundenes Glück,
niemals gesucht,
doch plötzlich wird es schnell groß.

Manchmal da findet
auch ein kleines Licht
mit einem Blick das ganz große Los.

© Ute AnneMarie Schuster

Foto: Heide Gleich

Im Lande der Reichen!

Im Lande der Reichen
ist Geld das Gesetz,
höfliche Worte
sind blödes Geschwätz.

Dort wirst Du beachtet,
wenn Dir was gehört,
sofern Du nichts hast,
auf Dich niemand schwört.

Dort kannst Du kaufen
gar Schönheit und Liebe,
kämpfst Du mit Reinheit,
dann setzt es prompt Hiebe.

Sind wir mal ehrlich:
was vielen entgeht,
ist, dass dieses Denken
schon lange besteht,

Es darf nicht geschehen,
dass Geld uns regiert,
doch leider gibt's manchen,
der das nicht kapiert.

© Norbert van Tiggelen

Mit meinen Augen

Und immer wieder spüre ich
die neue Lust am Leben.
Verliert der Wohlstand Energie,
bezieht sich mehr aufs Geben.

Es wächst, und das find ich so schön,
ein warmes Miteinander.
Es schaut der Mensch den Menschen an,
steht wieder zueinander.

Ich sehe und bin nicht allein,
die Welt, sie ist am Wandeln.
Zusammen sind wir doch sehr stark,
lasst uns gemeinsam handeln.

© Ute AnneMarie Schuster

Foto: Margrit Kehl

Kinderträume

Kinderträume schlummern leise,
gehen nachts auf ihre Reise,
in eine zarte, heile Welt,
wo nicht das blöde Geld nur zählt.

Dort sind alle Menschen gut,
kein Seelenschmerz, nur froher Mut,
Hand in Hand wird dort geschafft,
und nicht nach and'rem Hab gerafft.

Hier gibt es weder arm noch reich,
ein jeder ist dem and'ren gleich,
frohe Leute, die nur lächeln,
nicht nach fremdem Unglück hecheln.

Wenn diese Träume schlafen geh'n,
die Kids dann aus den Fenstern seh'n,
mit müdem Blick schau'n sie hinaus,
die Welt, sie sieht oft anders aus.

© Norbert van Tiggelen

Foto: Felidae1

Gute Nacht *G*e*b*e*t*

Du kleiner Engel Tausendschön,
ich wieg Dich in den Schlaf.
Erzähle Dir ein Märchen noch
und dann schläfst Du ganz brav.

Sieh dort die kleinen Sternlein glüh'n,
die hoch am Himmel steh'n.
Ein jedes sucht sein Kindlein aus,
lässt nicht allein es geh'n.

Wenn Du dann eingeschlafen bist,
hält es Dich ganz lieb fest.
Schickt Dich ins Traumlandparadies,
baut Dir ein Kuschelnest.

Denn dort kannst Du die Elfen treffen,
so Zwerg und Kobold auch.
Du darfst dort Schokolade essen,
und nichts zwickt Dich im Bauch.

Eh´ Du aus Deinem Traum erwachst,
bringt es Dich rasch zurück.
Springt wieder in sein Himmelszelt,
und schenkt Dir ganz viel Glück.

© Ute AnneMarie Schuster

Foto: Margrit Kehl

Noch einmal Kind

Als Kind bist Du im Herzen rein,
lässt Knete einfach Knete sein,
willst singen, toben, tanzen, lachen,
mit Spielgefährten Späße machen.

Dann wirst Du älter Jahr für Jahr,
bemerkst, wie schön die Jugend war,
denn Dir wurd´ leider beigebracht:
„Wer Geld besitzt, der hat die Macht!"

Mit Ehrlichkeit, wie Du`s gelernt,
bleibt Dir der Reichtum weit entfernt,
denn vorwärts geht's im Leben meist,
wenn Du auf Deinen Nächsten pfeifst.

Sind Deine Knochen alt und schwach,
schaust Du von Deinem Lebensdach
und denkst: „Was sind wir Menschen blind,
wie gern wär ich noch einmal Kind!"

© Norbert van Tiggelen

Foto: Dagmar Hommes

Prinzessin auf Zeit

Wunschgedanke! Will ein Kind,
weil sie doch so niedlich sind.
Prinzessin wird die Kleine sein,
und ich bin dann nicht mehr allein.

Dicker Bauch, und ach wie schön,
jeder soll mein Glück ja seh'n.
Stolz im Blick, ich werd Mama,
bald ist mein Prinzesschen da.

Krankenhaus und große Schmerzen,
trotzdem will ich lieb es herzen.
Niedlich ist das süße Kind,
weil Babys nun mal niedlich sind.

Es schreit und quakt in einer Tour,
warum wollt ich ein Kind denn nur?
Ich möchte tanzen, lachen singen,
den Tag mit Spaß, nicht Stress verbringen.

Sei bitte still, ich drück sonst zu,
dann hab ich endlich meine Ruh.
Vergessen hab ich mich total,
ich hat' doch keine andre Wahl.

Ich wollte endlich wieder leben,
drum hab ich Dich zurückgegeben.
Der Herr wird kümmern sich um Dich,
Prinzesschen, ich ließ Dich im Stich.

© Ute AnneMarie Schuster

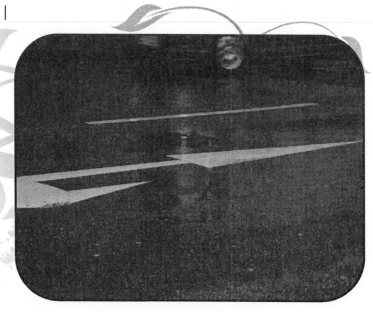

Foto: Heike Towae

Höllenflug

Angst vor dem Sekundenschlaf,
das Funkgerät rauscht vor sich hin,
die Heimat liegt in weiter Ferne,
ich in Gedanken bei Dir bin.

Der Diesel dröhnt mir um die Ohren,
macht mir das Alleinsein leicht,
würde alles dafür geben,
wenn mein Gruß Dich jetzt erreicht.

Gnadenlos zieh ich von dannen,
muss doch meinen Job hier tun.
Lieber würde ich jetzt kuscheln
und in Deinem Bette ruh'n.

Fahre immer weiter von Dir,
grausam schnell, wie fürchterlich,
bald schon bin ich wieder bei Dir,
mein Schatz zuhaus', ich liebe Dich.

© Norbert van Tiggelen

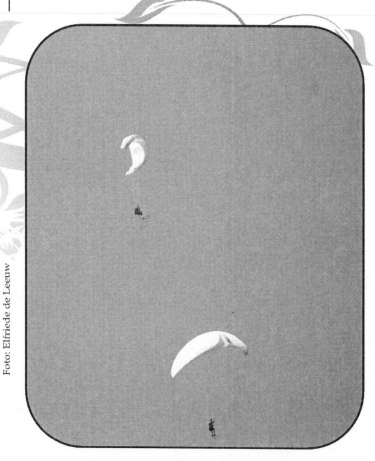

Foto: Elfriede de Leeuw

Himmels-Fahrt

Sehnsuchtsvoll schau ich in Wolken,
die für mich Gemälde sind.
Starte meinen Herzenswagen,
weil ich Dich dann schneller find.

Fahr die Himmelsstraße langsam,
hoch zu Dir ins Wolkenmeer.
Endlich bin ich angekommen,
Herzensschatz, ich lieb Dich sehr.

Gerne geb ich Dir das Lenkrad,
voll Vertrauen in die Hand,
lass uns fahren noch ein Stückchen,
bis ins Regenbogenland.

Siehst Du dort den roten Streifen,
Sonnenaufgang strahlend lacht.
Füll den Tank noch mal mit Liebe,
die Himmelsfahrt hat Spaß gemacht.

© Ute AnneMarie Schuster

Foto: Heide Gleich

Gewitter

Wolkenmonster schreiten kraftvoll,
unaufhaltsam auf mich zu,
toben, knurren, schnauben lautstark,
Schluss mit mollig warmer Ruh.

Bäume biegen sich wie Gräser,
durch die Hand des Sturms bewegt,
peitschend sich der Wind entfesselt,
über Land und Straßen fegt.

Aus dem Himmel tönt Gedröhne,
schimpft mit mir in rauem Ton,
Vögel flüchten panisch kreischend
vor dem mystischen Dämon.

Wassermengen prasseln nieder,
sintflutartig, wie ein Fluch,
Bäche werden schnell zu Flüssen,
ich im Dickicht Schutze such.

Wolkenmonster zieh'n von dannen,
haben mich nicht mal erkannt,
Vögel zwitschern wieder munter,
schwüle Luft, sie wurd' verbannt.

© Norbert van Tiggelen

Foto: AnnaCHeling

Herz-Gewitter

Wolken dunkel und bedrohlich,
zieh'n am Zweifelhimmel auf.
Blitze zucken durch den Regen.
Tränen nehmen ihren Lauf.

Donner grollen durch die Lüfte,
kämpfen lauter als bisher.
Herzgewitter erster Güte.
Seelenschmerz so heiß und schwer.

Wolken langsam sich verziehen.
Heller wird die trübe Welt.
Blitze, die noch eben trafen,
schwinden nun vom Himmelszelt.

Donner, die im Herzen tobten,
schweigen endlich wieder still.
Regen, der in Tränen badet,
mit frischer Luft erfreuen will.

Und am Himmel siehst Du endlich
einen Regenbogen steh'n.
Leuchtet Dir ganz tief ins Herz rein,
Du kannst wieder deutlich seh'n.

Nun schaust Du voller Zuversicht,
wirfst ab all die Bedenken,
glaubst an das, was Du Schönes siehst
lässt Dich vom Glück beschenken.

© Ute AnneMarie Schuster

Foto: Christina Frenken

Adlerauge

Adlerauge, glaube mir,
wende Deinen Blick von hier;
würdest sehen schlimme Sachen,
die Dein Herz nur traurig machen.

Vieles hat sich hier verändert,
Alte werden ausgeplündert,
müssen in den Bussen stehen
oder um `nen Sitzplatz flehen.

Kindermorde immer mehr,
Straftäter wie Sand am Meer,
Eltern sind meist viel zu jung,
leben ohne Stolz und Schwung.

Viele Jahre sind verronnen,
als wir lebten noch besonnen,
kannten Anstand und Moral,
keinen Sturz ins tiefe Tal.

© Norbert van Tiggelen

Foto: Egbert Peter

Deine Flügel tragen mich

Zärtlich legst Du Deine Hände,
sanft wie Flügel, um mein Ich.
Voll Vertrauen will ich glauben,
dass ich alles bin für Dich.

Träumend fliegen wir zur Sonne.
Du passt auf, dass nichts geschieht.
Zärtlichkeiten voller Wonne,
auf den Lippen unser Lied.

Sind wir nicht zu hoch geflogen,
schweben wir schon in Gefahr?
Ach mit Dir würd´ ich verbrennen,
gäb mein Leben Dir sogar.

Lass mich einmal noch genießen,
Deiner Flügel sanften Schlag,
Adler, trag mich durch die Lüfte.
Bald zu End´ ist dieser Tag.

© Ute AnneMarie Schuster

Foto: Norbert Ren

Unglücksrabe

Wenn es mir mal schlecht geht,
kenn' ich kein langes Klagen,
denn mir ist stets bewusst,
wie Menschen sich oft plagen.

Die einen leiden Hunger,
die anderen sind krank,
manche schlafen jede Nacht
im Park auf einer Bank.

Es gibt auch Erdenbürger,
die haben keinen Frieden,
weitere sind alt und schwach,
drum werden sie gemieden.

Mir wird dann völlig deutlich,
wie gut es mir doch geht
und dass - was ganz wichtig ist -
der Herrgott zu mir steht.

Drum lasst euch von mir sagen,
ich weiß, es klingt sehr trist:
Dass so manch ein andrer Mensch
ein Unglücksrabe ist.

© Norbert van Tiggelen

Foto: Felidae1

Glückskind

Manchmal denke ich doch echt,
mein Leben ist nur gut, nie schlecht.
Doch ab und an verzag ich auch,
weil jammern, ja, auch ich mal brauch.

Denn wär es jeden Tag nur schön,
würd ich das ja vielleicht nicht seh'n.
Warum sollt ich dann dankbar sein,
es gäb ja gar nichts mehr zum Freu'n.

So aber ist mir stets bewusst,
das Glück schenkt ab und an mal Frust,
damit ich dann am nächsten Tag,
von Herzen wieder Danke sag.

Ich sehe voller Dankbarkeit,
für mich steht sehr viel Glück bereit,
ob Käfer, Kleeblatt oder Herz,
ich glaub ans Glück, das ist kein Scherz.

© Ute AnneMarie Schuster

Foto: Peter Haselmann

Big Boss

Egal zu welcher Jahreszeit,
steh ich mit dem Truck bereit,
er und ich sind ein Gespann
auf der Bundesautobahn.

Ob im Frühling oder Winter,
auf der Bahn bin ich ein Sprinter,
hab das Lenkrad fest im Griff,
um zu führen dieses Schiff.

Wenn der Diesel sachte dröhnt,
das Radio mich lieb verwöhnt,
ich den Fahrtwind zärtlich spüre,
öffnet sich mir weit die Türe.

Sicherlich gibt es auch Tage,
da ist der Job 'ne große Plage.
Doch was ich immer gern genoss:
Auf meinem Truck bin ich der Boss.

© Norbert van Tiggelen

Foto: Felidael

Alles und noch viel mehr

Und wieder mal, da bitt´ ich Dich,
versuch mich zu verstehen,
ich denke viel zu oft an Dich,
möcht einfach Dich nur sehen.

Versuch doch zu verstehen,
mich quält die Sehnsucht sehr,
ich schließe meine Augen
und wünsch´ mir Dich hierher.

Mich quält die Sehnsucht sehr,
ich würd´ so gern vergessen,
nur merk ich immer mehr,
ich bin von Dir besessen.

Ich würd´ so gern vergessen,
dass ich Dich möcht zu sehr,
doch will ich immer wieder:
alles und noch vieles mehr.

© Ute AnneMarie Schuster

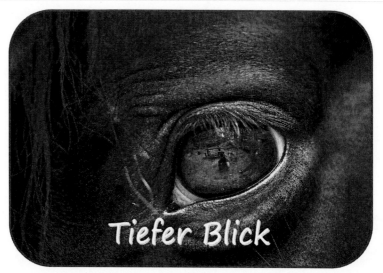

Tiefer Blick

Im Leben lernst Du Freunde kennen,
an der Zahl unendlich viel,
doch ein jeder, wirst Du lernen,
hat so seinen eignen Stil.

Die einen wittern nur Dein Pulver,
raubst ihnen damit den Verstand,
die andren spüren sanft Dein Herz
und bleiben treu an Deiner Hand.

Drum gebe ich Dir einen Rat,
schau niemals auf das Geld,
blick' in des Menschen Seele,
denn dort wohnt das, was zählt.

© Norbert van Tiggelen

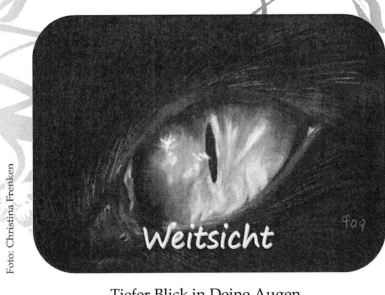

Foto: Christina Frenken

Tiefer Blick in Deine Augen.
Herzerbeben kolossal.
Sehnsucht nach dem Sichhingeben.
Nein, ich bin nicht mehr normal.

Wunschgedanken, nach den Händen,
die sich wühlen durch mein Kleid,
streifen ab, was grad noch wärmte,
atme ein und lass mir Zeit.

Trübe Blicke aus dem Fenster,
sehe alles und auch nichts.
Spüre Deinen Kuss im Nacken,
fühl´ mich jenseits jeden Lichts.

Sehnsuchtsvolles sich verweigern,
doch es ist schon viel zu spät.
Träum mich weg mit Leib und Seele,
lustvoll sich die Spannung lädt.

Noch will ich den Anstand wahren,
lösen mich aus Deiner Hand.
Meinen Blick in Fesseln legen,
längst verlor ich den Verstand.

Tiefer noch als grade eben,
hält mein Blick den Deinen fest,
sinkt voll zärtlichem Ergeben,
Insichfallend bis zum Rest.

© Ute AnneMarie Schuster

Kinder brauchen uns nicht tot!

Seit vielen Tausend Jahren schon,
sind WIR zu Gast auf dieser Welt,
teilen uns den Sonnenschein,
und dasselbe Himmelszelt.

WIR prägten mit Gedankengut,
den Weg bis hin zur Gegenwart,
ob Religion, Kultur und Fleiß,
ein jedes Volk auf seine Art.

Bedeutungslos ist Deine Sprache,
egal die Farbe meiner Haut,
WIR ALLE sind das Licht der Erde,
wichtig ist, dass man vertraut.

Hand in Hand müssen WIR gehen,
denn unser aller Blut ist rot,
lasst uns Richtung Frieden ziehen,
denn Kinder brauchen uns nicht tot.

© Norbert van Tiggelen

Foto: Elfriede de Leeuw

Gottes Geschenk

Wie sehr wünschte ich mir ein Kind,
die Farbe war egal,
ich wollte ihm nur Heimat sein,
ersparen jede Qual.

Gott hat erfüllt mir meinen Wunsch,
hat lange überlegt,
ob wirklich ich gewachsen war,
dem, was mein Herz bewegt.

Mit großen Augen sah es mich,
mein wunderbares Kind.
Ein Lächeln lag in dem Gesicht,
ich mich drin wiederfind.

Wie dankbar kann ein Mensch doch sein,
schenkt Gott ihm dieses Glück.
Ein kleines Kind, von Herzen rein,
gibt Liebe nur zurück.

© Ute AnneMarie Schuster

Wir zusammen!

Wir zusammen sind die Zukunft,
ganz egal, ob schwarz, ob weiß,
wichtig ist, dass wir nicht hassen,
daran tun mit ganzem Fleiß.

Wir zusammen sind der Wohlstand,
ganz egal, ob arm, ob reich,
wichtig ist, dass wir fair teilen,
denn so wären wir stets gleich.

Wir zusammen sind die Masse,
ganz egal, ob dick, ob schlank,
wichtig ist, dass wir uns schätzen,
und wir zieh'n an einem Strang.

Wir zusammen sind die Menschheit,
ganz egal ob Frau, ob Mann,
wichtig ist, dass wir uns achten,
denn nur so geht es voran.

© Norbert van Tiggelen

Paradies

Du und ich im Paradies,
ich glaub, das wär ein Märchen.
Zusammen sind wir wunderbar,
ein zart verliebtes Pärchen.

Du und ich im Paradies,
ach, was für schöne Träume.
Zusammen schwebten wir dahin,
und rissen weg die Zäune.

Du und ich im Paradies,
es würd´ sich viel ergeben,
wir liebten ja nicht nur noch uns,
wir retteten auch Leben.

Du und ich im Paradies,
ich denk´, das könnt was werden,
wir säßen kuschelnd dann im Gras,
betreuten unsre Herden.

Du und ich im Paradies,
vergessen würde keiner,
wir tanzten froh durch diese Welt
und machten sie viel reiner.

© Ute AnneMarie Schuster

Foto: Altersvorsorge

Hand in Hand

Hand in Hand müssen wir handeln,
mit den Alten stets vereint,
keinen Ausschluss wegen Schwäche,
dass ein Greis vor Trauer weint.

Hand in Hand müssen wir gehen,
uns'ren Kindern Vorbild sein,
nicht wie Egoisten raffen,
denn sie sind meist ganz allein.

Hand in Hand müssen wir leben,
ob in Wohlstand oder Not,
müssen lernen zu begreifen,
dass wir sind im selben Boot.

Hand in Hand müssen wir lieben,
stets zur Ehrlichkeit bereit,
so wie Gott es von uns seh'n will,
ohne Feindschaft, Hass und Neid.

© Norbert van Tiggelen

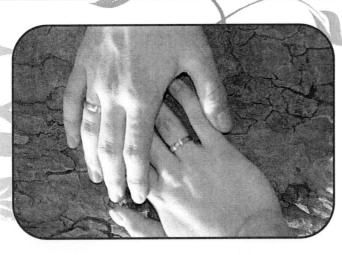

Foto: Brigitte Niestrath

Reich mir noch einmal Deine Hände

Ein letztes Mal,
lass mich berühren,
schenk´ meiner Sehnsucht freien Lauf,
die Hände, die mich einst verführten,
leg´ einmal noch sie zärtlich auf.

Kos' sinnlich
meinen Mund mit Küssen,
zerbeiß die Lippen voller Lust,
ganz zärtlich leg nun Deine Hände
auf meine Hüften ganz bewusst.

Zeig einmal nur
noch Dein Begehren,
streich sinnlich meinen Rücken lang,
halt mich mit Deinen beiden Händen
ein letztes Mal nur, mir zum Dank.

Ein letztes Mal,
nimm Deinen Finger,
wisch meine Tränen vom Gesicht,
halt mich nur noch für zwei Sekunden,
danach will ich die Hände nicht.

© Ute AnneMarie Schuster

Foto: Feenharfe

Nur gemeinsam

Nur gemeinsam sind wir stark,
stärker noch, als einst die Mark,
Hand in Hand, nur so wird's gehen,
dass das Gute bleibt bestehen.

Einzelkämpfer sind tabu,
hier zählt „WIR" und nicht nur „DU",
reichen uns vertraut die Hand
und handeln stets mit dem Verstand.

Sprücheklopfer, die sind out,
hier wird nicht auf Sand gebaut,
brauchen keine bösen Zungen,
und nach Ruhm wird fair gerungen.

Kritik soll das Hirn erklimmen,
doch muss auch der Wortlaut stimmen.
Lasst uns leben jeden Tag,
denn Gemeinsamkeit macht stark!

© Norbert van Tiggelen

Foto: Klaus Goedtcke

Du und ich

Ich bin so froh, dass es Dich gibt,
was wär ich ohne Dich?
Würd nur noch in den Wolken hängen
und träumen ewiglich.

Du lässt mich sein, so wie ich bin,
das ist nicht immer leicht,
denn kaum ein Mensch, den ich so kenn,
die Hand so gütig reicht.

Du sagst nicht jeden Tag zu mir,
wie toll ich denn nun bin.
Ich weiß, und Du hast wirklich recht,
hab grad nur mich im Sinn.

Doch hattest Du auch Deine Zeit,
gib zu, da hab ich recht.
Ich stand ja auch stets neben Dir
und machte das nicht schlecht.

Ich freu´ mich auf die Zeit, die kommt,
sie wird gewiss sehr schön.
Das Wichtigste im Leben ist,
dass wir uns gut versteh'n.

© Ute AnneMarie Schuster

Foto: Karl Kühn

Ende gut, alles gut

Verzeih, ich will Dich nicht bekehren,
Du sollst aus eignen Stücken seh'n,
wie schön es ist, dass wir noch leben,
und glücklich Seit' an Seite steh'n.

Glaub mir, ich möcht Dir gerne zeigen,
das Reh, den Wald und die Natur,
vielleicht kannst Du mich mal besuchen,
ich denk da an Erholung pur.

Ich leg Dir meine Welt zu Füßen
für mich ist sie das Paradies,
doch möcht' ich wirklich ehrlich bleiben,
im Traum ich sie auch schon verließ.

© Ute AnneMarie Schuster

Eines Tages, liebe Ute,
sehen wir uns ganz bestimmt,
doch bis dahin sehr viel Wasser
durch den Vater Rhein noch schwimmt.

Lasse mich nicht unterkriegen,
kenne meine Ziele gut,
geh´ mit Gott an meiner Seite
stets mit Stolz und ganzem Mut.

Werde weiter hier verweilen,
meinen Weg bescheiden geh'n,
hier im Ruhrpott kann es schön sein,
sag Goodbye, auf Wiederseh'n.

© Norbert van Tiggelen

Autorenvita Ute AnneMarie Schuster

Ute AnneMarie Schuster ist am 7.3.1949 in Kassel geboren. Seit fast 20 Jahren lebt sie in Österreich. Sie ist verheiratet, hat drei erwachsene Kinder und das wunderbarste und niedlichste Enkelkind der Welt. Ja, und dann ist da noch der kleine West-Highland-Terrier Kessy.

Sie liebt die Natur und die wunderbaren Eindrücke, die diese ihr schenkt. Ein Tag ohne eine Wanderung mit Kessy ist für sie ein verlorener Tag. Ihr Lebensmotto lautet *carpe diem - carpe noctem*.

Das Schreiben fasziniert sie seit ihrer Kindheit. In jungen Jahren hat sie einige Kurzgeschichten geschrieben und so die Haushaltskasse ein wenig aufgebessert. Der Wunsch, für viele Menschen zu schreiben, war schon immer in ihr, aber irgendwie fehlte ihr der Einstieg.
Dank myStorys und dem liebevollen "an die Hand nehmen" von Norbert van Tiggelen, wagte sie sich in die große Welt des Schreibens.

Inzwischen hat sie an mehreren Anthologien mitgewirkt und zwei eigene Bücher im Verlag art of arts veröffentlicht.

Unter dem Motto:
Alles, was man mit Liebe tut, kann man nur gut machen, hat sie ihr erstes eigenes Buch "Prinzessin Emma" geschrieben. Ein zauberhaftes

Werk, nicht nur für Kinder. Den Impuls gab ihr ihre kleine Enkeltochter Emma, der sie dieses Buch auch gewidmet hat.

In ihrem zweiten Buch "Lebensblüten gel(i)ebte Poesie" finden sich poetische Worte in Gedichtform und einige kleine Geschichten wieder, die sympathisch viele Seelen berühren.

Ein ganz besonders herzliches Dankeschön möchte sie ihrem Mann und ihren drei Kindern, Steffi, Michael und Christoph sagen. Ja, und nicht zu vergessen, dem kleinen Hund Kessy, denn der steht ihr bei den täglichen Waldwanderungen mit Herz und Mut stets zur Seite. Mir ihren gefühlvollen Zeilen möchte sie danke sagen - allen Menschen, die ihr liebevoll die Hand gereicht haben und immer an sie glauben.

Ihre Bücher und weitere Hör- und Leseproben finden Sie auch auf ihrer Homepage unter: www.prinzessinemma.webnode.com im Internet

Autorenvita Norbert van Tiggelen

Der Autor Norbert van Tiggelen wurde am 23.05.1964 in Gelsenkirchen inmitten des Ruhrgebietes geboren. Bis zum sechsten Lebensjahr wohnte er in Essen-Altenessen, bevor es seine Eltern 1970 nach Wanne Eickel verschlug, wo er bis heute noch im Ortsteil Röhlinghausen wohnt.

Nach der Schulzeit erlernte er den Beruf des Gas- und Wasserinstallateurs, bevor er 1983 seine große Liebe Jeannette Bracht kennenlernte. Seinen Grundwehrdienst leistete er zwischen 1984 und 1985 bei der Luftwaffe, in der Ruhrlandkaserne in Essen – Kupferdreh. Anschließend ging der Marschbefehl für die restlichen 12 Monate in Richtung der Haard-Kaserne nach Datteln. Ein Jahr nach Beendigung des Wehrdienstes kam Nachwuchs in das Leben von van Tiggelen und seiner Verlobten, denn Töchterchen Jessica wurde 1986 geboren. Im Laufe der weiteren Jahre arbeitete Norbert van Tiggelen als Dachdecker und Gerüstbauer, bevor er zwischen 1992 und 1994 zum Maler und Lackierer umschulte. 1996 zwang ihn ein Unfall dazu, die Tätigkeit des Hausmanns zu übernehmen, und seine Lebensgefährtin schritt ins Berufsleben, woran sich bis heute nichts geändert hat. 1998, zwölf Jahre nach der Geburt von Tochter Jessica, erblickte Sohnemann Alexander das Licht der Welt. Im Laufe der folgenden Jahre änderte sich vieles im Leben von Norbert van Tiggelen, und er begann damit, sein Erlebtes in Kurzgeschichten und Tagebüchern niederzuschreiben, denn er ging zu dieser Zeit durch eine sehr frustrierende Phase seines Lebens, die ihm falsche Freunde und Neider bescherten. Unbeirrt von diesen, ging van Tiggelen seinen Weg geradlinig weiter. Er nahm 2004 an einen Schreib-Wettbewerb teil, wofür er eine Auszeichnung erhielt. Fortan intensivierte Norbert van Tiggelen sein Hobby und begann damit, vorwiegend lustige und makabere Gedichte zu schreiben. Vom engsten Familienkreis über Freunde und Bekannte publizierte er seine Werke, später dann auch auf verschiedene Internetseiten wie Schreibart.de oder eStories.de.

Seine Werke wurden stets beschmunzelt, jedoch war es nicht das, was er wollte. Durch die Anmeldung bei myStorys.de und einigen konstruktiven Kritikern, tendierte van Tiggelen allmählich in die sozialkritische Richtung, wo er sich nun seit einigen Jahren zuhause fühlt. Mittlerweile kann er auf 10 Buchveröffentlichungen stolz sein, sowie etwa 500 Gedichte, die er, wie er selbst sagt, aus der Sicht des kleinen Mannes schreibt, der die Welt nicht durch eine rosa Brille betrachtet.

Sein bislang größter Bucherfolg ist der im Dezember 2009 auf den Markt gekommene Gedichtband „Sechs vor zwölf… denn wir wissen, was wir tun!". ISBN-10: 3940119342 / ISBN-13: 978-3940119346

Ganz besonders bedanken möchte sich Norbert van Tiggelen bei seiner starken, tapferen sowie treuen Lebensgefährtin, Jeannette Bracht, mit der er nun seit 27 Jahren unverheiratet zusammen ist, sowie bei seinen beiden Kindern Jessica und Alexander sowie Schwiegersohn Christoph, als auch bei seinen Eltern Albert und Erika van Tiggelen, die immer an ihn geglaubt haben.

Nachwort der Autoren

Sehr geehrte Leser unseres Buches,
ich hoffe, wir haben Sie unterhaltsam durch die vergangenen Stunden geführt, und Sie haben sich nicht gelangweilt. Vielleicht ist es uns sogar gelungen, dass Sie über einige Dinge des Lebens jetzt etwas anders denken. Nicht immer hat unser Dasein gute Seiten, doch ich denke, Hand in Hand können wir vieles dazu beitragen, dass vieles harmonischer wird.

Liebe Ute! Vielen lieben Dank dafür, dass Du meiner Einladung, dieses Buch zu schreiben, gefolgt bist, sowie für das gnadenlose Vertrauen zu mir. Ich habe die Zeit dieser virtuellen Nähe zu Dir sehr genossen und so einiges dazu gelernt. Zudem möchte ich Dir meinen höchsten Respekt aussprechen, denn ich habe kaum einen Menschen kennengelernt, der zugleich so unkompliziert, humorvoll, ehrlich, charmant und lebensbejahend ist, wie Du. Vielen Dank, dass ich Dich kennenlernen durfte.

Ich wünsche Dir
und Deiner Familie
eine glückliche Zukunft mit
Licht und Frieden.
Und denk daran, eines Tages
sehen wir uns.

Norbert van Tiggelen

Lieber Norbert,

Deiner Einladung zu dieser Gemeinschaftsarbeit bin ich liebend gern gefolgt. In meinen Augen gibt es kaum einen Menschen, der so viel Ehrlichkeit, Charakterstärke und Herzenswärme besitzt, wie Du. Gerade die Unterschiede, die wir leben, machen das ganze ja erst so spannend. Ich mit meiner grünen Wiese, den Tannen und frischer Luft: und Du aus dem Kohlenpott.

Schön finde ich, dass wir in dieser Zeit des Schreibens noch ein bisschen enger zusammengerückt sind. Ich danke Dir dafür, dass Du immer an mich glaubst und dafür, dass Du mir ein lieber und aufrichtiger Freund geworden bist.

Die Einladung in die Steiermark, für Dich und Deine Familie, steht, und vielleicht planen wir ja dann das nächste Buch ... wer weiß das schon.

Ich wünsche Dir und Deiner Familie alles erdenklich Gute ...
... und weil mir gerade Licht und Frieden aus Deinem Mund so sehr gut gefällt, möchte ich gar keine anderen Worte nutzen, sondern Dir das gleiche wünschen:
Licht und Frieden

Ute AnneMarie Schuster

Bildmaterial

zur freundlichen Genehmigung von:

Sven-S Photography - http://www.fotocommunity.de
Tians - www.tians-fam.net
Klaus Goedtcke - http://www.fotocommunity.de
Margrit Kehl - www.margrit-art.ch
DWest - http://www.fotocommunity.de
Klaus Peter Oelze - http://www.fotocommunity.de
Monitom - http://www.fotocommunity.de
Elfriede de Leeuw - http://www.fotocommunity.de
Auxi - http://www.fotocommunity.de
Heide Gleich - http://www.fotocommunity.de
AnnaCHeling - http://home.fotocommunity.de/annaheling
Heike Towae - http://www.fotocommunity.de
Valdy - http://www.fotocommunity.de
Peter Haselmann - http://www.fotocommunity.de
In der Natur - http://www.fotocommunity.de
J.Bracht
Manfred Krug - http://www.fotocommunity.de
A. Ehrhardt - http://www.ae-foto.de
Wanneka - www.nie-zu-hause.de
Feenharfe - http://www.fotocommunity.de
SidNic Gäbler - www.blaueTomate.de
Anka Hubrich - http://www.fotocommunity.de
Norbert Ren - http://www.fotocommunity.de
Laura Florence - http://www.fotocommunity.de

Egbert Peter - http://www.fotocommunity.de
Conny 11 - http://www.fotocommunity.de
Prastine - http://www.buch-schreiben.net/profil/profil.php?user=2656
Nana Ellen Culpeck - http://www.fotocommunity.de
Annette Henning - http://www.buch-schreiben.net/profil/profil.php?user=2466
Pi.H.Ro - www.piro.fladis-welt.ch
Brigitte Niestrath - http://www.fotocommunity.de
Altersvorsorge - http://www.fotocommunity.de
Andrea Ahrends - http://www.fotocommunity.de
Chicki - http://www.fotocommunity.de
Felidae1 - http://www.fotocommunity.de
Dagmar Hommes - http://www.fotocommunity.de
Christina Frenken - http://www.fotocommunity.de
Silvia Schattner - http://www.fotocommunity.de
UMS - http://www.fotocommunity.de
Karl Kühn - http://www.fotocommunity.de

Verlagswort

Wir freuen uns sehr, dass wir für unsere Autoren Ute AnneMarie Schuster und Norbert van Tiggelen, den Traum vom eigenen gemeinsamen Buch Wirklichkeit werden lassen konnten und bedanken uns herzlich für das entgegengebrachte Vertrauen sowie das größte Gut eines Schreibenden – das Manuskript, welcher Idee durch dieses Buch nun Leben eingehaucht wurde.

Sowohl Norbert van Tiggelen, der bereits in vielen Anthologien des Verlages mitgewirkt hat und sein erstes Buch „Sechs vor Zwölf … denn wir wissen, was wir tun" mit uns produzierte, als auch Ute Anne Marie, die zwei eigene Bücher veröffentlichte und in weiteren Bänden der art of books collection vertreten ist, möchten wir unseren aufrichtigen Dank aussprechen. Durch dieses gemeinsame Buchprojekt möchten sie mehr als nur Autoren sein, Autoren, die die Welt bewegen mit ihrer einzigartigen Schreibweise und Herzenswärme, die inspiriert, ansteckt und einen wertvollen Beitrag fürs Kollektiv darstellt.

Ende gut, alles gut - ein wundervolles Buch mit zwei Perspektiven, sowohl im wörtlichen Ausdruck als auch vom Blickwinkel. Hier wird ein Schnittpunkt gefunden, der verbindet, und zwar die ganze Welt. Egal ob Frau, ob Mann, ein jeder wird sich mit diesen poetischen Worten identifizieren und manch eine Situation aus dem Leben wiedererkennen.

Auch die Gestaltung in Wort und Bild, mit Fotografien, die den Sinn der Texte widerspiegeln, ist ein Augenschmaus für die Sinne. Zwei großartige Schreiber treffen hier aufeinander, um miteinander zu kommunizieren. Jeder auf seine Art. Die eine voller Gefühl, romantisch, liebevoll und auf Wolke sieben. Der andere sozialkritisch, ehrlich doch mit großem Herz für das Menschliche. Mann und Frau, die ihre Unterschiedlichkeit auf einen gemeinsamen Nenner gebracht haben, um Ihnen lebensnahe Zeilen zu schenken. Ihnen die Hand zu reichen, um mit ihrer wörtlichen Symphonie den Kampf des Lebens in einen Tanz zu wandeln.

Lauschen Sie den leisen Ton der Worte, und erfreuen sich der sprechenden Fotografien, die Ihnen "Ende gut, alles gut" darbietet. Erkennen Sie die Möglichkeit, dass in einem harmonischen Miteinander der Samen des Friedens liegt, und sorgen Sie gleichzeitig mit für ein Happy End im Wohle aller.

Vielen Dank für den Erwerb von: „Ende gut, alles gut", und dass wir durch dieses Buch Ihr Leseinteresse wecken durften, auch im Namen der Autoren Ute Anne Marie Schuster und Norbert van Tiggelen. „Ende gut, alles gut" - ist in gedruckter Form als Buch und als eBook erhältlich. Das Buch ist im Buchhandel unter der ISBN 978-3-940119-52-0 für 14,25 € zu beziehen - bei der Autorin Ute Anne Marie Schuster, dem Autor Norbert van Tiggelen und beim Verlag art of arts. Das eBook ISBN 978-3-940119-51-3 ist für 8,50 € bei den Autoren auf ihrer Homepage erhältlich sowie im Verlagsbuchshop www.artofbookshop.com

Verlagsbuchprogramm – Bücher & eBooks

bisher erschienen seit 2006 bis 2010

Bücher der art of books collection

art of words - Band 1	Buch	eBook
art of mind - Band 2	Buch	eBook
art of heart - Band 3	Buch	eBook
art of mystery - Band 4	Buch	eBook
art of man – Band 5	Buch	eBook
art of women – Band 6	Buch	eBook
art of poetry – Band 7	Buch	eBook
art of xmas – Band 8	Buch	eBook
art of kids - Band 9	Buch	eBook
art of erotica – SoBand 1	Buch	eBook
art of crime – SoBand 2	Buch	eBook
art of live – SoBand 3	Buch	eBook

Bücher einzelner Autoren / Autorinnen

Das Zauberwort DAS	Buch	eBook
Die wahnw. m. Geschenkefibel		eBook
Ohnemilch / Agent 0815	Buch	eBook
Perfekt – Defekt		eBook
Unglaubliches unter uns	Buch	eBook
GPS-Millionenjagd	Buch	eBook
ourStory	Buch	eBook
geDANKE ...be your reality	Buch	eBook
Erdennebel in eisblau	Buch	eBook
ourStory2	Buch	eBook
Die Rose des Todes	Buch	eBook
Impulse	Buch	eBook
Wechselhaft heiter bis wolkig	Buch	eBook
Unselbst		eBook
Alltägliches Allerlei	Buch	eBook
Prophetische Spiritualitäten	Buch	eBook

Im Eifer des Geschlechts	Buch	eBook
Der Stein der Elemente	Buch	eBook
Die Schlange des Regenbogens	Buch/Hardcover	eBook
Blutige Leckerbissen	Buch	eBook
60 Jahre. Der private Schnüffler	Buch	eBook
222 Gedichte	Buch	eBook
Hommage	Buch	eBook
Die (un)Erträglichkeit des Seins	Buchunikat	eBook
6 vor 12	Buch / Buchunikat	eBook
Streiflichter	Buch / Buchunikat	eBook
Die sieben Epochen der Poesie	Buch / Buchunikat	eBook
Prinzessin Emma	Buch	eBook
Auf ein Wort	Buch/Hardcover	
Bewusstsein und Logik	Buch/Hardcover	
Lebensblüten gel(i)ebte Poesie	Buch/Hardcover	eBook
Von Männern, Mädchen, Löwen ...	Buch	eBook
2012 ... das Buch	Buch/Hardcover	eBook
Ende gut, alles gut	Buch	eBook

Lebens-Quelle Energyflow Pad 2er Set - Wortschwingung Danke
Munchyboyz Audio CD - B.Fresh mp3 - "sexlovepain" Promo-Album
SURVIVE – exclusiver Song zur art of live by all-u-can-eat-production

... dieses Werk besteht aus 214 Seiten, 13.192 Wörtern, 78.796 Zeichen. "Ende gut alles gut", von Norbert van Tiggelen und Ute AnneMarie Schuster, die ihre Worte, durch dieses Buch der Öffentlichkeit präsentieren. Der Text ist urheberrechtlich geschützt - 2010(c) Norbert van Tiggelen, Ute AnneMarie Schuster

Beitrag gemäß der neuen Deutschen Rechtschreibung. Für Druckfehler keine Haftung.